長編ネオ・ピカレスク

猟犬検事　密謀

南　英男

庫

目次

プロローグ

身動きも、ままならない。

朝の通勤電車は、いつものように寿司詰め状態だった。暖房と人いきれで、車内は汗ばむほど蒸し暑い。

十二月上旬である。

外は寒風が吹きすさんでいた。

山手線の外回り線だ。電車は少し前に代々木駅のホームを離れ、新宿駅に向かっている。

清水邦光《しみずくにみつ》は三輛目の中ほどに立っていた。

通路のほぼ中央だ。吊り革《かわ》には手が届かない位置だった。渋谷駅で乗車してから、ずっと足を踏んばっていた。

五十五歳の清水は、大手広告会社の営業部長である。さきほどから中吊りポスターを見上げているが、活字も写真も目に入ってこない。

清水は考えごとをしていた。

半月ほど前にテレビのCF担当の部下が故意にローカル局のスポットCMを間引《まび》きし、スポンサーの自動車メーカーからクレームをつけられたのである。部下は営業成績を上げたい一心で、つい同じスポット枠《わく》に複数のスポンサーを受け入れてしまったらしい。

番組提供会社はキー局の自社CMの放映回数を細かくチェックしている。しかし、ローカル局のスポットCMは東京や大阪では観《み》ることができない。

したがって、スポンサーは広告代理店が各ローカル局から取り寄せている〝CM放送確認書〟を信じるほかないわけだ。

問題を起こした部下はローカル局のスポット・デスクを抱き込み、虚偽の確認書を発行させたのである。弁明の余地のない背信行為だ。

部長の監督不行き届きであることは間違いない。清水は部下とともに、スポンサー二社に駆けつけ、ひたすら謝罪した。

その誠意が相手側に伝わり、裁判沙汰にはならなかった。

会社は、信用を失墜《しっつい》させた部下を懲戒解雇した。自分も近く降格されることになっている。

清水は何か虚《むな》しい気持ちだった。

入社して以来、それこそ会社のために身を粉《こ》にして働いてきた。妻や子には、ほとんど目を向けてやれなかった。

部下の不始末は、直属の上司が責任を負う。それがサラリーマン社会の掟《おきて》だ。

そのことはわかっている。それにしても、何か割り切れない気分だった。

清水は小さく溜息《ためいき》をついた。

そのとき、不意に誰かに右手首を摑《つか》まれた。

男の手ではなさそうだ。感触で、女の手と察した。

すぐ目の前に、ＯＬ風の女性が立っている。

後ろ向きだった。背中まで伸びた長い髪は、栗色に染められていた。

顔はよく見えない。まだ二十代だろう。

自分の右手を捉《とら》えているのは、その女性だった。清水は相手の手を控え目に払いのけようとした。

その瞬間、目の前に立った女が強く清水の手を引っ張った。思いがけない力だった。

清水の指先は、相手のむっちりした太腿《ふともも》に触《ふ》れる形になった。女はハンドバッグとウール・コートを片腕に抱えていた。

痴女《ちじょ》にからかわれているのか。

清水はわけもなく、どぎまぎした。女は手を放そうとしない。

「きみ、手を放してくれないか」

清水は相手の耳許《みみもと》で低く言った。

女は返事の代わりに、弾力性に富んだヒップをぐっと後方に突き出した。相手の尻《しり》が清水の股《こ》間《かん》に密着した。

現実の出来事なのか。頭が混乱した。

女が腰をくねらせはじめた。

清水は焦《あせ》った。下腹部が反応しないことを祈らずにはいられなかった。

「変なことしないでよっ」

いきなり女が大声で喚《わめ》き、清水の右手を高く掲《かか》げた。

周《まわ》りの男女の視線が一斉《いっせい》に清水に注《そそ》がれた。露骨に顔をしかめる者もいた。

「き、きみ、何を言ってるんだ!?」

「とぼける気？　あなた、さっきからわたしの太腿を撫《な》で回して、ヒップに股間を押しつけてきたじゃないのっ」

「それは言いがかりだ。きみがわたしの右手首を掴んで、勝手に……」

清水は狼狽《ろうばい》しながら、懸命に弁明した。

すると、両側にいる二十三、四の二人の女性が相前後して口を開いた。

「わたし、おたくが痴漢行為をしてるのをはっきり見たわよ」

「あたしも、この目で見たわ」

「きみたち、いいかげんなことを言うなっ」

清水は二人を睨《にら》みつけ、右手を引っ込めた。乗客たちの蔑《さげす》むような眼差《まなざ》しにたじろぎそうになったが、毅然《きぜん》とした態度は崩さなかった。

「みなさん、わたしはおかしな真似《まね》はしてません。どうか信じてください。前にいる彼女が自分からわたしの右手を取って、太腿に導《みちび》いたんです」

「ふざけたこと言わないでよ。女のわたしがそんなことするわけないでしょ！」

OL風の女性が幾度か身を捩《よじ》って、清水の方に向き直った。

彫《ほ》りの深い美人だった。二十五、六だろうか。

かたわらの女たちが、すかさず清水の腕を押さえた。

「二人とも、わたしの体に触《さわ》らないでくれ」

「逃げる気なのねっ」

「何を言ってるんだ」

清水は肩を竦《すく》めた。

「この男は痴漢です。どなたか、こいつを取り押さえてくれませんか」

派手な顔立ちの美女が乗客に声をかけた。

と、二十代後半と思われる男が素早く清水の利き腕を捩《ねじ》り上げた。関節が軋《きし》んだ。思わず清水は呻《うめ》いた。

男は上背《うわぜい》があり、肩や胸板も厚かった。学生時代にラグビー部に所属していたのかもしれない。

「おい、乱暴なことをするな。わたしは、まっとうなサラリーマンなんだ。痴漢じゃない」

清水は後ろの若い男に言った。

「知事や大学教授がセクシュアル・ハラスメントで訴えられる世の中なんです。まともなサラリーマンだからって、痴漢行為をしないとは言い切れないでしょうが。現に大勢のサラリーマンや公務員が痴漢として捕《つか》まってる」

「きみらを名誉棄損《めいよきそん》で訴えてやる！」

「どうぞお好きなように。それより、次の駅で降りてもらうぞ」

若い男がそう言い、清水の動きを完全に封じた。清水は忌々《いまいま》しかったが、どうすることもできなかった。

淫《みだ》らなことをされたと騒ぎ立てた彫りの深い美人が、清水の両脇にいる二人の女に言った。

「あなたたち、証人になってもらえる？」

「ええ、いいですよ。痴漢は全女性の敵ですから、進んで協力します。ね？」

片方の女が、もうひとりに同意を求めた。同意を求められた娘は、即座にうなずいた。

それから間もなく、電車が新宿駅に到着した。

清水は人々の咎《とが》めるような視線を全身に浴びながら、ホームに押し出された。三人の女に取り囲まれる恰好《かっこう》で、駅構内にある鉄道警察隊新宿駅分室に突き出された。

ロング・ヘアの美女は涙混《ま》じりに警官に被害状況を説明した。すぐに清水は無実であることを訴えたが、まともには取り合ってもらえなかった。

「いい年齢《とし》して、恥ずかしくないのかっ」

警官が苦り切った表情で言い、清水の背を押した。

清水は奥の取調室に連れ込まれ、厳しい取調べを受けた。

氏名、生年月日、勤務先、現住所、本籍地などは素直に答えたが、犯行は強く否認した。不当逮捕だと抗議すると、乱暴に両手錠を打たれた。前手錠だった。

清水は金具の冷たさに身震いした。憤《いきどお》りと惨《みじ》めさが交錯《こうさく》し、心が波立った。

別室では、被害者と言い張る女性が事情聴取されていた。二人の証人と若い男も事情を聴《き》かれている様子だった。

「旦那さん、もっと素直になりなさいよ」

四十年配の制服警官が諭《さと》すような口調で言った。

「何度言ったら、わかってもらえるんです。わたしは何も悪いことはしてない。無実も無実なんだっ」

「そう興奮しないで、少しは家族のことも考えなさいよ。ここで被害者に謝れば、始末書だけで済むんだ。つい魔がさして、若い女性の体にタッチしてしまった。そういうことなんだね？」

「わたしは疚《やま》しいことなんかしてないっ」

清水は昂然《こうぜん》と言い放った。

「そんなふうに突っ張ってると、パトカーを呼ぶことになるぞ。迷惑防止条例違反の罪で起訴ってことになったら、おたく、解雇されちゃうよ。それから、奥さんが離婚してくれと言い出すかもしれないね」

「わたしを罪人扱いするなっ」

「そっちがそのつもりなら、こっちも手加減しねえぞ」

相手が急に凄《すご》み、電話で新宿署にパトカーの出動を要請した。

清水は体から血の気が引くのを鮮やかに意識した。だが、理不尽なことで尻尾《しっぽ》を丸める気はなかった。

五分ほど経《た》ったころ、二人の新宿署員が駆けつけた。どちらも二十代後半に見えた。

清水は前手錠を掛けられた姿でコンコースを歩かされ、パトカーの後部座席に押し込まれた。

新宿署に着くと、そのまま取調室に入れられた。二人の刑事は最初っから清水を被疑者扱いにした。

清水は腹立たしさを覚えながら、あくまでも無実であることを主張しつづけた。

「あんたも頑固だな。当分、泊まってもらうことになるよ」

刑事のひとりが呆《あき》れ顔で言い、ハイライトをくわえた。

「会社の顧問弁護士に連絡をとらせてください」

「まだ取調べ中なんだ。接見《せっけん》は認められないっ」

別の刑事が声を張った。
清水は暗然とした。しかし、供述を変える気はなかった。
自分は罠に嵌《は》められてしまったのか。
だが、彫りの深い美女とは一面識もない。単なる思い過ごしなのだろうか。
清水は机の一点を見つめ、わが身の不運を呪《のろ》いはじめた。

第一章　痴漢容疑の波紋

1

空気が揺れた。

刃風《はかぜ》だった。白っぽい光も揺曳《ようえい》した。

最上僚《もがみりょう》は、とっさに身を躱《かわ》した。夜道で、いきなり匕首《あいくち》で斬りかかられたのである。

文京区根津《ねづ》一丁目の裏通りだ。近くにある友人宅から実家に戻る途中だった。

最上は身構えながら、暴漢を見据《みす》えた。
二十七、八の男だった。中肉中背だが、眼光が鋭い。頭髪は短く刈り込まれている。
黒革《くろかわ》のハーフ・コートを着ていた。その下のスーツは紫色だった。明らかに堅気ではない。

男は短刀を中段に構え、やや腰を落としている。刃渡りは三十センチ近い。

「どこの者《もん》だ？」

最上は低く訊《き》いた。

「そいつは言えねえな。それより、あんた、最上組の三代目だろ？」

「ああ。理由《わけ》あって跡目を継《つ》いだが、いずれ組は解散するつもりだ。少なくとも、よその組の縄張《シマ》りを荒らす気はない」

「それでも目障《めざわ》りなんだよ。悪いが、死んでもらうぜ」

男が刃物を逆手《さかて》に持ち替え、柄を両手で握った。そのまま、体ごと突進してきた。

最上は横に跳《と》び、すぐさま中段回し蹴りを見舞った。

キックは相手の胴に決まった。刺客は突風に煽《あお》られたように体を泳がせ、道路に転がった。横倒れだった。

男の手から短刀が零《こぼ》れ、無機質な音が響いた。

最上は刃物を遠くに蹴りつけ、相手の脇腹に鋭いキックを入れた。

男が歯を剥《む》いて、長く唸《うな》った。

つい先月、三十五歳になったばかりの最上は学生時代に多国籍格闘技を習っていた。俗にアメリカ空手と呼ばれているマーシャルアーツで、日本の空手、キック・ボクシング、韓国のテコンドー、中国のカンフーなどを融合させた新しい格闘技だ。突き技《わざ》と蹴り技が主体だった。

「あんたの本業は、確か検事だよな？」

「そうだ。東京地検刑事部にいる」

「まさか検事にぶっ飛ばされるとは思わなかったぜ」

「お望みなら、肋骨《ろっこつ》を一本残らず折ってやろう」

「おれが悪かったよ。もう勘弁してくれ」

「どこに足《ゲソ》つけてるんだ？」

最上は問いかけた。

「上野《ノガミ》の小笠原《おがさわら》組の者だよ」

「小笠原組の組長がおれの命《タマ》奪《と》ってこいって言ったのか？」

「そうじゃねえよ。おれの考えで、あんたを狙う気になったんだ。おれ、手柄を立てて、幹部になりてえと……」

「ばかな男だ。最上組《うち》の縄張《シマ》りをぶんどったって、たいした収益《アガリ》はないのに」

「お、おれを警察《サツ》に渡す気なのか？」

「今夜のことは大目に見てやろう。とっとと失《う》せろ」

「わかったよ」

男は起き上がると、大急ぎで走り去った。匕首は拾わなかった。

（ああいう中途半端な奴じゃ、とても幹部にはなれないだろう）

最上は苦笑し、ふたたび夜道を歩きだした。

寒気が鋭い。吐く息は、たちまち白く固まる。師走《しわす》も十日を過ぎていた。

ほどなく実家が見えてきた。

敷地は二百数十坪で、間数は二十室近い。

元は割烹《かっぽう》旅館だ。関東俠友会《かんとうきょうゆうかい》最上組の初代組長だった祖父が組を構えるときに買い取り、改装を重ねてきた家屋である。

祖父も二代目組長の父も、昔気質の博徒《ばくと》だった。最上は物心がつくと、自分の出自《しゅつじ》を呪いはじめた。中学時代には自暴自棄な気持ちから非行に走り、喧嘩に明け暮れた。

だが、高校二年生になると、真剣に自分の将来を考えるようになった。このままでは、祖父や父と同じようなアウトローになってしまう。

そうはなりたくなかった。

最上は勉学にいそしみ、名門私大の法学部に入った。もともと正義感の強い彼は、東京地検特捜部で働くことを夢見るようになった。

司法試験に合格したのは、二十四歳のときだった。二年間の司法修習を経て、わずか二十六歳で憧《あこが》れの検事になった。

浦和地検、名古屋地検と回り、ちょうど三十歳のときに東京地検勤務になった。夢まで、あと一歩だった。

最上は希望に胸を膨らませながら、ひたむきに働いた。晴れて特捜部に転属になったら、巨悪に敢然と闘いを挑む気《ふく》でいた。

だが、思いがけないことでつまずいてしまった。最上は功を急ぐあまり、ある贈収賄事件の証人に暴力を振るい、口を割らせようとした。

そのことが問題になり、彼は本部事件係から外された。二年前のことだ。

自業自得とはいえ、ショックは大きかった。紡《つむ》ぎつづけてきた夢は、そこで潰《つい》えてしまった。

仕事上の過《あやま》ちは大きな汚点になる。

それも検事が暴力沙汰を起こしてしまったわけだから、二重のマイナスだ。今後、最上が憧れの特捜部に配属されることはないだろう。

自らの手で輝かしい途《みち》を閉ざしてしまった彼はすっかり労働意欲を失い、漫然と日々を過ごしている。職場では、〝腑《ふ》抜《ぬ》け検事〟などと陰口を叩かれていた。

二代目組長だった実父の隆太郎《りゅうたろう》が六十八歳で病死したのは、この一月だった。すでに母は五年前に病死していた。

最上組は弱小博徒集団である。組員は二十七人と少ない。

最上は、ひとりっ子だ。当然、最上組は解散する気でいた。ところが、亡父の遺言テープを聴き、気持ちが変わったのである。

二十七人の組員は揃《そろ》って古いタイプの博奕《ばくち》打ちで、世渡りが下手だった。組員の平均年齢は四十三歳と高い。

亡父はそんな組員たちの行く末を案じ、息子の最上に各人に五千万円の更生資金を与えるまで組は解散しないでほしいと言い遺《のこ》したのだ。総額で十三億五千万円である。

一介の検事に都合のつく金額ではない。といって、亡父に尽くしてきた組員たちのことを考えると、無下《むげ》に見捨てることもできない。

最上は悩んだ末、亡父の助言に従って極悪人どもから金を脅し取る気になった。そして、三代目の組長になったのである。

すでに最上はこの春に腹黒い政治家の弱みを押さえ、五億円をせしめている。それでも、あと八億五千万円も工面しなければならない。

（どこかに強請《ゆすり》の材料が転がってるといいな）

最上は胸底で呟《つぶや》き、実家の門を潜《くぐ》った。

ここで暮らしているのは、数人の組員だけだった。最上の自宅マンションは飯田橋《いいだばし》にある。

最上は車寄せに駐《と》めてある自分のボルボS40に目をやった。

車体の色は薄茶だった。二千ccのセダンである。まだローンは払い終わっていない。

広い玄関に足を踏み入れると、奥から代貸《だいがし》の亀岡忠治《かめおかちゆうじ》が姿を現わした。五十二歳だが、二つ三つ若く見える。

「若《わか》、お帰りなせえ。外は寒かったでしょ？」

「ああ、冷えるね」

「若、幼馴染《おさなじ》みにはお会いになれたんですかい？」

「会えたよ。久しぶりに昔話をしてきた」

「それは、ようござんした。若、熱燗《あつかん》つけやしょうか？」

「亀さん、その若って言い方はやめてくれないか」

最上は言った。

「そうですね。もう三代目を襲名されたんですから、いつまでも若なんて呼んじゃ失礼でさあね」

「そういう意味で言ったんじゃないんだ。おれも三十五だからね、若なんて言われると、なんかこっ恥ずかしいんだよ」

「それじゃ、これからは親分と呼ばせていただきましょう」

「親分も抵抗があるな。ま、好きなように呼んでよ」

「そうさせてもらいまさあ。おっと、いけねえ」

亀岡が自分の額を軽く叩いて、すぐに言葉を重ねた。

「一時間ぐらい前に『つわぶき』の女将《おかみ》が訪ねてきて、若の連絡先を教えてもらえないかと言われたんでさあ」

「教えたのかい？」

「いいえ、若の自宅の住所も電話番号も教えませんでした。こういうことは、若の了解を得ませんとね」

「別に教えても構わなかったのに」

最上は言った。『つわぶき』は湯島《ゆしま》三丁目にある小料理屋で、女将の清水郁美《いくみ》は死んだ父の最後の愛人だった。
三十八、九で、妖艶《ようえん》な美人である。その横顔は、亡母に似ている。
そんなこともあって、最上は郁美に対して憎悪感は懐《いだ》いていなかった。むしろ、ある種の親しみさえ感じている。

「女将、何か若に相談したいことがあると言ってやしたぜ。もしかしたら、金の無心かもしれません」

「そういうことのできる女性じゃないよ。親父が死んだとき、郁美さんはお手当を返したいと言ってきたぐらいだからね」

「そういえば、そうでした」

「彼女の店に寄ってから、自分の塒《ねぐら》に戻るよ」

最上は言いながら、腕時計を見た。十時を数分回ったばかりだった。

「若、せめて熱い茶ぐらい……」

「いや、今夜はこのまま引き揚げよう。亀さん、留守を頼んだぜ」

「わかりやした。お寝《やす》みなさい」

亀岡が深々と腰を折った。

最上は片手を挙《あ》げ、玄関を出た。ボルボに乗り込み、エンジンを始動させた。『つわぶき』までは、ほんのひとっ走りだった。

最上はボルボを路上に駐《と》め、『つわぶき』のガラス戸を開けた。

客の姿はなかった。和服姿の郁美が皿を洗っていた。

「あら、僚さんじゃありませんか」

「根津の家にいらしたそうですね。亀さんから聞きました」

「それで、わざわざ来てくださったの？」

「ええ、まあ。何か困ったことでも？」

最上はカウンター席についた。

「お酒がいいかしら？ それとも、ビールになさいます？」

「車だから、軽くビールを……」

「わかりました」

郁美が突出しの小鉢を最上の前に置き、手早くビールの栓《せん》を抜いた。最上は小振りのグラスでビールを受けた。

「実は、叔父の清水邦光のことで相談に乗っていただきたくて、根津のお宅に伺《うかが》ったんですのよ」

「あなたと同じ姓ですね。ということは、父方の弟さんなのかな？」

「ええ、父のいちばん下の弟なんです。五十五歳で、博通堂の営業部長をしてますの」

「その叔父さんが何か厄介《やっかい》なことに巻き込まれてるんですね？」

「はい。ちょうど一週間前に通勤途中の電車の中で痴漢の濡衣《ぬれぎぬ》を着せられて、新宿署に留置されてるらしいんです。義理の叔母が衣類の差し入れに行ったとき、叔父と面会したそうなんですが、絶対に無実だと……」

「そうですか」

「わたし、叔父の言葉を信じます。叔父は理性的なタイプで、そんな破廉恥《はれんち》なことは絶対にしないはずです」

「被害者の女性は？」

「池袋《いけぶくろ》にある小さな商事会社のOLで、坂巻《さかまき》あずみという名前だそうです。二十六歳だったと思います」

郁美が答え、表情を翳《かげ》らせた。最上はビールで喉を潤《うるお》し、すぐに問いかけた。

「その坂巻というOLと清水邦光氏の間には、何も利害関係はないんですね？」

「ええ。まったく知らない女性らしいんです」

「そう。失礼だが、叔父さんが奥さん以外の女性とつき合ってるというようなことは？」

「それはないはずです。叔父は愛妻家ですし、二人の娘も大事にしてるんです」

「そうだとしたら、女性関係の縺《もつ》れで叔父さんが罠に嵌《は》められたとは考えられないな」

「ええ、それはないと思います」

「逮捕されて一週間が過ぎてるなら、もう検事調べは終わってるな。刑期三年未満の軽微な事件は簡易裁判所扱いになりますから、区検察庁の検察官が調べに当たるんです」

「そうらしいですね。区検の検事さんは叔父に『罰金を払えば、すぐに釈放してやる。それから被害者と示談すれば、起訴猶予《ゆうよ》も考えてやる』と言ったそうです」

「しかし、叔父さんは否認しつづけた」

「ええ、そうなんです」

「被疑者がそんなふうに強く出ると、検事の中には腹を立てる奴もいるんです」

「そうでしょうね」

郁美は相槌《あいづち》を打った。

「痴漢行為の類《たぐい》は軽微な犯罪ですから、犯行を認めれば、逮捕された翌日か翌々日には釈放になります」

「そうなんですか」

「しかし、あなたの叔父さんは犯行を否認しつづけている。で、担当検事は勾留《こうりゅう》請求をして、叔父さんの身柄を拘束する気になったんでしょう」

「叔父は、どうなるんでしょうか？」

「二十三日間の勾留期限まで引っ張って、いずれ起訴するつもりなんだと思います。そうなったら、あなたの叔父さんは新宿署の留置場から簡易裁判所に出廷することになります」

「起訴されたら、身柄を拘置所に移されるのではないんですか？」

「被疑者が警察から拘置所に移送されるのは、地方裁判所扱いの事件を起こした場合なんですよ。簡易裁判所に起訴されたときは、警察の留置場が代用監獄として使用されるわけです」

「そうなんですか」

「勾留は一ヵ月ごとに更新延長できますから、被疑者が犯行を認めないと、長いこと獄中生活をさせられることになります。現に痴漢の濡衣を着せられたサラリーマンが別件容疑も含めて三ヵ月近くも拘束されたケースがあります」

「その方は、どうなったんですの？」

「一審では東京簡裁は無罪判決を下しました。すると、検察側はただちに控訴しました」

「控訴審は、どうなったんでしょう？」

「東京高裁は検察側の控訴を棄却《ききゃく》して、一審判決を支持しました。痴漢扱いされたサラリーマンは二審で無罪を勝ち取るまで、およそ二年八ヵ月もかかってしまいました。その間に勤め先を辞めさせられ、経済的にだいぶ苦労したようです」

「ひどい話ね」

「ええ、惨《むご》い話です。あなたの叔父さんも無罪を勝ち取るまで苦労させられると思います。それはそうと、叔父さんは弁護士を雇ったんでしょ？」

最上は確かめた。

「博通堂の顧問弁護士をされてる大賀明《おおがあきら》という方が叔父と接見済みだそうです。その弁護士さん、ご存じですか？」

「いいえ、知りません。弁護士の数は多いですからね。それはとにかく、博通堂の顧問弁護士が動くんなら、不起訴になるでしょう。そう遠くないうちに、あなたの叔父さんは釈放されると思います」

「そうなればいいんだけど、わたし、なんだか不安でたまらないんです。僚さん、側面から叔父の釈放に手を貸してもらえないかしら？」

「こんなとき、死んだ親父なら、二つ返事で引き受けるんだろうな」

「ええ、多分ね。あなたのお父さんは、とっても俠気《おとこぎ》のある方だったから」

「そう言われたんじゃ、傍観者を決め込むわけにはいかないな。わかりました。わたしなりにできることをやってみましょう」

「ありがとう。区検の担当検察官は赤瀬川謙介《あかせがわけんすけ》という方だそうです。ご存じですか？」

「ええ、知ってます。まだ三十一ですが、エリート意識の強い奴ですよ」

「そうですの。僚さん、ビール召し上がって」

郁美が白いしなやかな指でビール壜《びん》を摑み上げた。最上は飲みかけのビールを一気に空け、グラスを差し出した。

店を出たのは、十一時過ぎだった。最上は勘定を払う気でいたが、郁美は頑《かたく》なに金を受け取ろうとしなかった。

ボルボに乗り込み、安全運転で飯田橋に向かう。二十数分で、自宅マンションに着いた。

車をマンションの駐車場に置き、エレベーターで五階に上がった。部屋の電灯は点いていた。

恋人の露木玲奈《つゆきれいな》が合鍵を使って部屋の中に入ったのだろう。玲奈は二十八歳で、東京国税局査察部の査察官である。

その美貌は人目を惹《ひ》く。

知的な面差《おもざ》しだが、冷たい印象は与えない。色香があり、充分に女っぽかった。プロポーションも悪くない。

二人が恋仲になって、はや二年が流れている。

最上は大物財界人の悪質な脱税を立件する目的で、東京国税局に協力を仰《あお》いだ。そのとき、たまたま玲奈とコンビを組むことになった。それがきっかけで、二人は個人的につき合うようになったのである。

玲奈は代々木上原《よよぎうえはら》の賃貸マンションで独り暮らしをしているが、週に一、二度、最上の部屋に泊まる。実家は藤沢市《ふじさわし》にある。

最上は部屋に入った。

居間に玲奈の姿はない。浴室からシャワーの音が小さく響いてくる。

最上は洗面所兼脱衣室に歩を運んだ。

磨《す》りガラスの向こうに、玲奈の裸身が透《す》けて見える。体の半分は、白い泡にまみれていた。

最上は手早く全裸になり、浴室のガラス戸を勢いよく開けた。玲奈が短い叫びをあげ、豊満な乳房と飾り毛を手で隠した。

「おれだよ」

「びっくりさせないで」

「悪い、悪い」

最上は浴室に入ると、玲奈を抱き寄せた。

玲奈が瞼《まぶた》を閉じ、こころもち顎《あご》を上向かせた。最上は背中を丸め、顔を傾けた。

二人は互いの唇をついばみ合い、じきに舌を深く絡《から》めた。

2

眠い。

最上は自席で頬杖《ほおづえ》をついていた。

東京・霞《かすみ》が関《せき》にある検察庁合同庁舎の三階の東京地検刑事部だ。窓際の陽溜《ひだ》まりだった。それだけに、自然に瞼が垂れ下がってくる。

最上は生欠伸《なまあくび》を嚙み殺した。

前夜は、ほんの数時間しか寝ていない。玲奈に三度も求められ、つい濃厚な情事に耽《ふけ》ってしまったのである。

美人査察官は生理が近づくと、いつも性エネルギーが増大する。色情狂のように最上の体を貪《むさぼ》り、自らも大胆な痴態を晒《さら》す。

最上は欲情をそそられ、狂おしく応《こた》えた。

ことにオーラル・プレイに熱を込めた。痼《しこ》った肉の芽を甘く嬲《なぶ》り、二枚の花びらを幾度も吸いつけた。複雑に折り重なった襞《ひだ》を舌の先でくすぐり、あふれた蜜液を啜《すす》った。愛らしくすぼまった肛門《アヌス》にも舌を這《は》わせた。

玲奈も貪婪《どんらん》だった。最上の猛《たけ》ったペニスに頬擦《ず》りし、長いこと口に含んだ。舌技は巧《たく》みだった。

最上は吸われ、削《そ》がれ、舐《な》め回された。キウイフルーツに似た部分も優しく揉み立てられ、睾丸を飴玉《あめだま》のようにしゃぶられた。

二人は情熱的な口唇愛撫を施《ほどこ》し合ってから、体をつなぎ合った。何度も体位を変え、相前後してゴールに達した。

玲奈は昇りつめた瞬間、女豹《めひょう》のように唸った。

悦《よろこ》びの声は長く尾を曳《ひ》き、柔肌は断続的に震えた。

そのつど、最上の分身はきつく締めつけられた。搾《しぼ》り込むような締めつけ方だった。内奥《ないおう》のビートは、もろに伝わってきた。

小休止すると、玲奈は最上の股間にうずくまった。手で弄《もてあそ》び、亀頭や張り出した部分を舌で刺激した。

最上の体は、烈《はげ》しく反応した。こうして二人は三度も交わることになったわけだ。

めざめると、玲奈が朝食の用意をしていた。二人は慌《あわ》ただしく食事を摂《と》り、揃って部屋を出た。最上は玲奈を大手町《おおてまち》の東京国税局に車で送り届けてから、登庁したのだった。

検察庁合同庁舎には、東京区検、東京地検、東京高検、最高検が同居している。

一階には事務部門が設けられ、二階は区検のフロアだ。地検は三、四、五階を使い、六階は高検のフロアである。七、八階を使用しているのは最高検だ。

花形の東京地検特捜部は、四階と五階を使っている。五階には検事調室がずらりと並び、いつも冷たい空気が漂っていた。

特捜部は知能犯係、財務経済係、直告係の三部門に分かれ、およそ三十人のエリート検事が働いている。

彼らの補佐役を務めているのが副検事と検察事務官だ。併《あわ》せて六十五、六人いる。

最上は眠気醒《ざ》ましに煙草に火を点けた。セブンスターだった。

同僚検事の多くは出払っている。部屋には、馬場正人《ばばまさと》部長と数人の検事がいるきりだ。

最上は紫煙をくゆらせながら、大欠伸《おおあくび》をした。離れた席にいる部長が目敏《めざと》く見つけ、眉をひそめた。

「部長、いまの欠伸は別に当てこすりや厭味《いやみ》じゃありませんからね」

「そんなことはどうでもいい。それより、例の不起訴処分の手続きは済ませたのか？」

「ええ、とっくに完了済みです。月に一、二件しか事件を担当させてもらってないんで、たっぷり時間がありますんでね」

「厭味を言うなよ。きみを本部事件係から外したのは、別にわたしの一存じゃないんだ。政府筋の意向は無視できんじゃないか」

「ええ、わかってますよ。わたしは部長を逆恨《さかうら》みなんかしてません。こうなったのも、身から出た錆《さび》だと思ってます」

「ほんとかね？」

「もちろんです。ただ、こうも暇ですと、さすがに退屈しますね。部長、本部事件のお手伝いをさせてもらえませんか？」

　最上は言った。本気ではない。一種のからかいだった。

「いまのところ、きみの手を借りる必要はないな」

「それは残念だな」

「刑事部に届いた告発状や投書に丹念に目を通せば、いくらでも仕事はあると思うがね」

　馬場が皮肉を口にして、書類に目を落とした。

　最上は薄く笑い、短くなった煙草の火を揉《も》み消した。

ちょうどそのとき、コンビを組んでいる検察事務官の菅沼直昭《すがぬまなおあき》が刑事部に入ってきた。両腕で段ボール箱を抱えている。中身は告発状や投書だろう。

地検は警察から送致される事件だけを扱っているわけではない。一般市民からの告発でも、時には捜査に乗り出す。

しかし、実際に寄せられる告発状や投書の内容は中傷や私恨絡《がら》みの個人攻撃が多い。

二十九歳の菅沼は直情型の青年だが、好人物だ。コンビを組んだのは、二年以上も前だ。

「郵便物をお持ちしました」

菅沼がそう言い、段ボール箱を最上の机の横に置いた。封書が四、五十通入っている。何通かは、すでに開封されていた。同僚検事の誰かが封を切ったのだろう。

「ご苦労さん、あとで目を通すよ」

「よろしくお願いします。あれっ、最上検事、なんかお疲れのようですね」

「昨夜《ゆうべ》、ちょっと深酒をしたんだ」

最上は言い繕《つくろ》った。

「深酒もしたくなりますよね。最上検事のような優秀な方を閑職に追いやったままなんですから、そりゃ腐りますよ。偉いさんは法務大臣の顔色ばかりうかがってる。情けない話です」

「仕方ないさ、検察の人事権は法務大臣が握ってるわけだからな」

「それにしても、納得できませんね。最上検事を特捜部に配属しないのは、地検の大きな損失です」

「菅沼君、もういいんだ。おれは、ここでのんびり仕事をしようと思ってるんだからさ」

「思い出したくないことを思い出させてしまって、申し訳ありませんでした」

菅沼がぺこりと頭を下げ、部屋から出ていった。

最上は告発状や投書を読みはじめた。

妬《ねた》みによる個人攻撃や中傷ばかりで、捜査対象になるような告発は一つもなかった。四十数通の手紙を読み終えたのは、午前十一時過ぎだった。

最上は手洗いに立つ振りをして、さりげなく刑事部を出た。エレベーターで二階に降り、区検の赤瀬川検事を廊下に誘い出した。

向かい合うと、赤瀬川が訝《いぶか》しげな眼差しを向けてきた。

典型的な学校秀才タイプで、少しも面白みのない男だ。髪を七三に分け、地味な背広をきちんと着込んでいる。

「忙しいとこを悪いな」

「ご用件をおっしゃってください」

「おたく、清水邦光の事件《ヤマ》を担当してるようだな」

最上は切り出した。

「ええ、担当してますよ。それがどうしたというんです？」

「清水という被疑者は、おれの間接的な知り合いなんだ」

「そうだったんですか。でも、捜査に手加減はできませんよ」

　赤瀬川が釘をさした。

「別に手加減してほしくて来たんじゃない。勘違いするな」

「それでは、なんのために？」

「ごみみたいな犯罪《ヤマ》で、ずいぶんむきになってるじゃないか。きょうで丸八日も清水を勾留してるんだってな」

「被疑者が素直に犯行を認めないからですよ。大手広告代理店の部長だからって、痴漢行為に目をつぶるわけにはいきません」

「被害者の坂巻あずみ、それから二人の乗客の証言だけじゃ、起訴しても一審で負けるかもしれないぜ。なにしろ満員電車の中での出来事だったんだ。清水が坂巻あずみの体に触れてる瞬間を現行犯で押さえたわけじゃない。目撃証言だけじゃ、裁判で勝てないと思うがね。それに、清水には博通堂の顧問弁護士がついたって話じゃないか」

「ええ、大賀明という遣《や》り手がね。だから、ぼくは起訴して、法廷で大賀弁護士と争いたいんです」

「ちょっと待てよ。おたくは個人的な理由で、清水を罪人に仕立てようとしてるのかっ」

　思わず最上は大声を出した。

「それだけじゃありません。取調べで清水がクロだという心証を持ちましたし、複数の証言からも立件できるという確信を得たんですよ」

「無罪判決が下ったら、おたくの出世に響くぜ」

「あなたは、ぼくを脅迫してるんですか⁉」

　赤瀬川が気色《けしき》ばんだ。

「冷静になれよ。おれは、おたくを脅しに来たわけじゃない。参考までに検事調書を見せてくれないか」

「それはできません。正当な理由がなければ、部外者に調書は見せられませんね。そんなことは、あなたもご存じのはずです」

「むろん、百も承知さ。しかし、物事にはすべて例外があるもんだ。同じ検事の誼《よし》みってこともあるじゃないか」

「あなたに協力はできません」

「赤瀬川君……」

　最上は年下の検事の肩に手を掛けた。赤瀬川は最上の手を振り払い、硬い表情で踵《きびす》を返した。

　すぐに最上は呼びとめた。

　しかし、赤瀬川は足を止めなかった。急ぎ足で、自分のオフィスに駆け込んだ。

　新宿署には、知り合いの刑事が何人もいる。誰かに頼み込めば、清水との接見をこっそり許可してもらえるだろう。

最上は合同庁舎の駐車場に急ぎ、自分のボルボに乗り込んだ。

新宿署に着いたのは、正午過ぎだった。

玄関ロビーに入ると、旧知の刑事がいた。杉山《すぎやま》という名で、もう五十近い男だ。

最上は杉山に声をかけ、来訪の目的を打ち明けた。

「地検の検事さんが痴漢容疑の被疑者をわざわざ訪ねてくるという話は前例がありませんよね。軽微の犯罪《ヤマ》は区検が担当ですから」

「清水邦光に横領の容疑がかかってるということにして、彼との接見をお膳立てしてもらえないだろうか」

「どうなるかわかりませんが、担当係官に打診してみましょう。ここで、少しお待ちください」

杉山はそう言い、ゆっくりと遠ざかっていった。

最上は近くのソファに腰かけた。

十分ほど待つと、杉山刑事が戻ってきた。

「オーケーです。接見室に案内しましょう」

「この借りは何かの形で必ず返します」

最上は杉山に小声で言い、彼のあとに従った。

接見室は留置場の隣にあった。小部屋の前方にパイプ椅子が置かれ、中央部は鉄格子と金網で仕切られていた。留置場側にも、折り畳み式のパイプ椅子が置かれている。

数分経つと、五十代半《なか》ばのロマンス・グレイの男が姿を見せた。目のあたりが郁美に似ていた。

「清水邦光さんですね？」

最上は先に口を切った。

「はい。あなたは？」

「東京地検刑事部の最上です」

「わたしの担当は、区検の赤瀬川検事のはずですが……」

清水が合点のいかない顔でパイプ椅子に腰を落とした。

「実は、あなたの姪《めい》の郁美さんとちょっとした知り合いなんです。あなたが勾留されてることは、郁美さんからうかがったんです」

「そういうことでしたか」

「容疑については、あらかた知ってます。清水さん、わたしには正直に答えてほしいんです。あなたは電車内で淫《みだ》らなことはしなかったんですね？」

「してません。わたしは後ろめたいことは何もしてませんよ。どうか信じてください」

「信じましょう」

最上は清水の顔を数秒見つめてから、そう言った。清水は、まっすぐ最上の顔を見返してきた。一度も目を逸《そ》らそうとはしなかった。

多くの犯罪者たちは、刑事や検事の顔をまともには見ない。疚《やま》しさがあるからだ。

「もしかしたら、わたしは巧妙な罠に嵌められてしまったのかもしれない」

「何か思い当たることでもあるんですか？」

最上は問いかけた。

「被害者の坂巻あずみという女は、わたしの右手首をしっかり摑んで、自分の太腿に触れさせたんです。それから彼女は、わざとヒップをわたしの股間に押しつけてきました」

「郁美さんから、そういう話は聞いてないな」

「でしょうね。差し入れにやってきた家内には、そこまで具体的なことは話しませんでしたから。しかし、事実です。それどころか、坂巻あずみは尻を振って当方の性器を刺激したんです」

「まるで痴女だな」

「そうですね。わたしも一瞬、そう思いました。それから、わたしの両側にいた二人の女性の証言も不自然です。混雑している車内で、わたしの手の動きが彼女たち二人に見えるはずはありません」

「でしょうね」

「おそらく二人は痴漢そのものを懲《こ》らしめてやりたいという気持ちから、坂巻あずみの加勢をする気になったにちがいありません」

「ええ、それは考えられますね」

「いま申し上げたことから、どうも仕組まれた痴漢騒ぎに巻き込まれてしまったとしか思えないんです」

清水が力なく呟いた。

「あなたが巧妙な罠に嵌められた可能性はありますね。仕事上で何かトラブルはありませんでした？」

「CMの間引きをやって、番組スポンサーに迷惑をかけた部下が解雇されてます」

「その方のお名前は？」

「新庄朋和《しんじようともかず》です。年齢は三十八で、確か自宅は目黒区の碑文谷《ひもんや》五丁目にあるはずです」

「そうですか。ほかに誰かに恨まれてるなんてことは？」

「思い当たる人物はいません。自分で言うのもなんですが、わたし、割に温厚な性格だと思うんです。人と争うことは好みません。ですから、それほど敵は多くないはずです」

「そうですか。それはそうと、被害者の坂巻あずみの顔ははっきり憶《おぼ》えてますね？」

「ええ。彫りの深い派手な顔立ちの美人でしたから、鮮明に記憶してます」

「清水さん、よく思い出してください。過去にどこかで坂巻あずみと会ったことがあるんではありませんか？　たとえば、接待で使ってるクラブで短い間、ホステスかヘルプで働いていたとか」

「いいえ、彼女とは面識がありませんね。それから、二人の証人の女性とも過去に会った記憶はありません」

「そうですか」

最上は口を結んだ。二人の間に、沈黙が横たわった。

沈黙を破ったのは、清水だった。

「区検は、わたしを起訴する気なんでしょうね？」

「最悪の場合は、そういうことになるかもしれません。しかし、郁美さんの話によると、博通堂の顧問弁護士の大賀氏があなたの弁護をされることになったとか？」

「ええ、そうなんです。大賀先生も事件の裏に何かありそうだとおっしゃって、坂巻あずみと二人の証人の交友関係を事務所の調査員の方に洗わせてくれてるはずです」

「大賀弁護士の事務所は、どこにあるんです？」

「六本木五丁目の双葉ビルの七階にオフィスを構えています。双葉ビルは、有名なロアビルの並びにあります。大賀先生の法律事務所に行かれるんですか？」

「この一月に亡くなった父が郁美さんに大変お世話になったんで、ささやかな恩返しをさせてもらいたいと思ってるんです」

「しかし、最上さんは検察官ですよね？」

「ええ。あなたが起訴されれば、弁護士と検事は対立関係になります。ですが、清水さんの事件を扱ってるのは東京区検です。東京地検の人間は、いわば第三者です。わたしが非公式に大賀弁護士と協力し合っても、別段、問題はないはずです」

「それでしたら、ぜひ、わたしの味方になってください」

「わかりました。これから大賀弁護士のオフィスに行ってみます」

「よろしくお願いします」

「はい。清水さん、取調べで不愉快な思いをされるでしょうが、もうしばらく辛抱《しんぼう》してください」

最上は郁美の叔父を励まし、接見室を出た。

一階の玄関ロビーに回ると、前方から綿引伸哉《わたびきのぶや》が歩いてきた。警視庁捜査一課の敏腕刑事だ。

最上よりも、三つ年上だった。

「これはこれは、検事殿じゃありませんか」

やや小柄な綿引がたたずみ、掬《すく》い上げるような眼差しを向けてきた。

「綿引《ワタ》さん、その検事殿という言い方はやめてもらえませんか。なんとなくからかわれてるようでね。だいたい綿引《ワタ》さんのほうが年上なんですから……」

「確かに、こっちが年上です。しかし、格はこちらのほうが下です。そちらは地検の検事さんで、こっちは警部補です。仮にわたしの職階が警視でも、力関係は検事殿のほうが強い。すべての検察官は、警察官《サツカン》を手足として使える権限をお持ちなわけですからね」

「なんだか言葉に棘《とげ》があるように感じるな」

「検事殿、それは考え過ぎです。別に含むものなど何もありません」

「そういうことにしておくか」

最上は微苦笑した。

「検事殿、新宿署《ここ》には何をなさりに来たんです？」

「えっ、ちょっとね」

「わたしには知られたくない用事があったわけですね？」

「そんなんじゃないんだ。学生時代の友人が新宿署管内で飲酒運転をして、検挙《アゲ》られちゃったんですよ。それで何とかしてくれないかって泣きつかれたんで交通課に顔を出してみたんだが、けんもほろろでした」

「面白いストーリーですね」

「綿引《ワタ》さん、わたしが作り話をしてると思ってるの!?」

「そうじゃないんですか？」

綿引がにっと笑って、眉間《みけん》に皺《しわ》を寄せた。相手の言葉を疑っているときに必ず見せる癖だった。

最上は綿引の勘の鋭さに舌を巻いたが、ポーカー・フェイスは崩さなかった。

「検事殿、話題を変えましょう」

「そうだね。綿引《ワタ》さんがここにいるってことは、新宿署に帳場が立ったんだな」

「ええ。その通りです。きのうの晩、大久保《おおくぼ》通り裏のラブ・ホテル街で、日本人ホステスが中国人と思われる若い男に青竜刀で叩っ斬られて死んだんですよ。で、帳場が立ったんです」

綿引が答えた。

帳場が立つというのは、所轄署に特別捜査本部が設置されたことを意味する警察用語だ。本庁捜査一課の刑事たちは特別捜査本部に出張《でば》って、所轄署の係官たちと事件の捜査に当たる。

「それじゃ、当分は新宿署に詰めることになるんですね？」

「ええ。本件の犯人《ホシ》がどんなに凶悪な奴でも、拳銃は使用しないつもりです」

綿引が自分に言い聞かせるような口調で呟いた。

最上は言葉に詰まった。綿引には、重い過去があった。彼は二年半ほど前に指名手配中の強盗殺人犯を袋小路に追い詰めた際、発砲してきた相手をとっさに射殺してしまったのである。

いわば、正当防衛だった。綿引は法的に罰せられなかった。しかし、人ひとりを殺した事実は消えない。

しかも、撃ち殺された男には若い妻と三歳の娘がいた。同僚刑事から聞いた話によると、綿引は月々の俸給の中から十万円を強盗殺人犯の遺児に送り届けているらしかった。

最上は直《じか》に噂の真偽を綿引に確かめたことはない。それでも、事実だと確信している。

綿引は、そういう男だ。骨っぽい性格で、きわめて誠実である。

最上は、正義感の強い綿引には同志めいた仲間意識を懐いていた。

「検事殿、また悪人狩りをされるおつもりなんですね？」

「悪人狩り⁉　綿引《ワタ》さん、何か誤解してるんじゃないのかな」

「空とぼけるおつもりですか。ま、いいでしょう。残念ながら、わたしは検事殿の裏仕事の確証を押さえたわけではありませんからね」

「裏仕事って、なんのことなんです？」

「ご自分の胸に訊いてください。あなたにはあなたの正義がおありなんでしょうが、わたしにも自分なりの正義があります。検事殿が法を破ったときは、容赦《ようしゃ》なく手錠《ワッパ》を打たせてもらいます。では、また！」

綿引はそう言い、エレベーター・ホールに足を向けた。

（敏腕刑事に尻尾《しっぽ》を掴まえられないようにしないとな）

最上は新宿署の外に出ると、上着のポケットから携帯電話を取り出した。すぐに検察事務官の菅沼のポケットフォンを鳴らす。

「はい、菅沼です」

「おれだよ。ちょっと頼みたいことがあるんだ」

「どんなことです？」

菅沼が訊いた。

「元博通堂社員の新庄朋和って男の女性関係を探ってほしいんだ。新庄の自宅は目黒区碑文谷五丁目にあるらしい。番地まではわからないが、すぐに割り出せるよな？」

「ええ、それはね。最上検事、その新庄という男は何者なんです？」

「後で説明するよ。これから、六本木まで行かなきゃならないんだ」

「いったい何の捜査なんです？」

「そいつも後で話す。菅沼君、頼んだぜ」

最上は電話を切ると、署の駐車場に向かった。

3

落ち着きのある応接室だった。

ソファ・セットは、暗緑色《あんりよくしよく》の総革張りだ。イタリア製かもしれない。

白い壁には、さりげなくマリー・ローランサンの絵が掲《かか》げられている。大賀法律事務所だ。

最上はゆったりとしたソファに深々と腰かけ、煙草を喫《す》っていた。

大賀弁護士は別室で依頼人と何か打ち合わせをしている。最上は応対に現われた女性秘書に身分を明かし、来意も告げた。

女性秘書はすぐに大賀に取り次いでくれた。しかし、あいにく来客中だった。そんなわけで、最上は応接室で待たせてもらうことになったのである。

別室にいる依頼人が辞去したのは、およそ十分後だった。それから間もなく、大賀があたふたと応接室に駆け込んできた。

「お待たせしてしまって、申し訳ありません」

「いいえ。こちらこそ、アポなしで押しかけてしまって……」

最上は立ち上がって、名乗った。

名刺交換が済むと、二人は向かい合う形で坐った。大賀はいかにも仕立てのよさそうな背広で身を包み、蝶ネクタイを結んでいた。

ノックがあり、女性秘書が二人分のコーヒーを運んできた。すぐに彼女は応接室を出ていった。

「秘書から聞いた話では、清水氏の姪《めい》のお知り合いだそうですね？」

大賀が言って、葉煙草《シガリロ》をくわえた。使ったライターはダンヒルだった。

「この一月に亡くなった父が、清水さんの姪の郁美さんにいろいろ世話になったんです。そんなことで、清水さんのお役に立てればと思ったわけです」

「そうでしたか」

「実はこちらに伺《うかが》う前に新宿署で清水さんとお目にかかってきました」

「ほう！　よく接見できましたね」

「ちょっとした裏技を使ったんです。清水さんはシロですね。彼と話をしていて、そういう確信を深めました」

「あなたがそうおっしゃってくれると、心強いな。正直に申し上げますとね、最初はわたし、灰色かもしれないと思ってたんですよ」

「そう思われた理由は？」

最上は問いかけた。

「分別のある中高年の男が、その種の事件で幾人も現行犯逮捕された事例がありますでしょ？　だから、清水氏もつい分別を忘れてしまったのではないかと思ったわけです」

「なるほど」

「しかし、清水氏と接見を重ねているうちにシロだという心証を得ました。彼が自己保身から無実を主張しているんじゃないと確信できたんですよ。被害者の坂巻あずみの言い分には物理的に不自然な点がありましたし、二人の証言にも無理があります」

「二人の証人の氏名を教えていただけますか？」

「ええ、いいですよ。いま、資料を取ってきます」

大賀がソファから立ち上がり、応接室を出ていった。

最上はコーヒーを口に運んだ。ブラックのままだった。

待つほどもなく、大賀が戻ってきた。ファイルを手にしていた。

最上は懐《ふところ》から手帳を抓《つま》み出した。大賀がソファに坐り、ファイルを開いた。

「目撃証言をした二人ですが、ひとりは末次真季子《すえつぐまきこ》という名です。二十四歳で、スポーツ用品メーカーの経理課で働いています。もうひとりは神尾葉子《かみおようこ》で、やはり二十四ですね。勤務してるのは、空調機器販売会社です」

「ちょっとメモを執《と》らせてください」

最上は調査資料を覗《のぞ》き込み、必要なことを書き留《と》めた。被害者の坂巻あずみは、池袋にある明《めい》正《せい》商事に勤務していた。

あずみの顔写真も貼られている。ハーフめいた容貌で、かなりの美人だ。

「この写真の入手先は？」

「うちの調査員が池袋で隠し撮《ど》りしたんですよ。その彼は元刑事で、そういうことには馴《な》れてるんです。あずみには盗撮したことは気づかれてないでしょう」

「あずみについて、どのくらい調査が進んでるんでしょうか？」

「最上さん、面白いことがわかりましたよ。あずみが痴漢に遭《あ》ったは、これが最初じゃなかったんです。この三カ月の間に、二十三人もの男たちを痴漢扱いして、自ら警察に突き出してたんです」

「なんですって!? どうやら坂巻あずみは、故意に男たちを陥《おとしい》れてるようだな」

「それは間違いないでしょう。うちの調査員の報告によると、あずみは短大生のときに通学電車の中で変態男にスカートを精液で汚されたことがあるらしいんです」

「そんな目に遭ったんで、あずみは男たちに復讐してるんですかね？」

「復讐心も少しはあるんでしょうが、それよりも彼女はストレス解消に不特定多数の男たちを痴漢に仕立てて愉《たの》しんでるようなんですよ。調査員が同僚のＯＬたちに接触したところ、あずみが同僚たちにはっきりそう言ってたというんです。中には、一緒に〝男狩り〟をやらないかと誘われた娘《こ》もいるそうです」

「女たちがストレス解消に男たちを痴漢に仕立ててるとしたら、うっかり満員電車には乗れないな」

「ほんとですね。あずみのような女が増えたら、男たちは恐怖を覚えるようになるでしょう」

「あずみは、ただ単にストレス解消のために二十三人の男たちを痴漢扱いしたんだろうか。何か裏があるんじゃないでしょうか？」

「わたしも、それは考えました。というのは、あずみに警察に突き出された二十三人の男は、いずれも一流企業の管理職ばかりだったんです」

　大賀が言った。

「揃って管理職だったんですか。なんか引っかかりますね」

「ええ。二十三人のうち十六人は逮捕された翌日に釈放されましたが、七人は起訴されて一審の判決待ちなんです」

「不起訴になった十六人は、いまも同じ会社に勤めてるんですか？」

「いいえ、十五人が依願退職してます。おそらく職場に妙な噂が流れて、居づらくなってしまったんだろうな」

「あずみに痴漢扱いされた二十三人の男の氏名と現住所を教えていただけないでしょうか?」

最上は頼んだ。

大賀が快諾《かいだく》し、ファイルの書類を捲《めく》った。それから氏名の列記された箇所を開いて、ファイルを逆向きにして卓上に置いた。

最上は手帳にボールペンを走らせた。メモを執《と》り終えると、さりげなくファイルの向きを変えた。

「ありがとうございました」

「最上さん、一連の痴漢騒ぎには何かからくりがあると睨んだようですね」

「そこまで確信めいたものがあるわけではないんですが、あずみがストレス解消のためだけに二十三人の男を痴漢扱いしたとは思えないんです。で、ちょっと個人的に捜査してみようと思ってるんです。もちろん、こちらさんにご迷惑のかかるようなことはしないつもりです。よろしいでしょうか?」

「ええ、別に問題はありません。それどころか、ありがたい話です。最上さんが何か摑んでくだされば、わたしの切り札にもなりますからね」

大賀が言って、コーヒー・カップを持ち上げた。

「話を戻すようですが、坂巻あずみと二人の証人との接点はないんでしょうか？」

「調査員にそのあたりのことを探ってもらったんですが、あずみが末次真季子や神尾葉子とつながってるという事実はまだ摑めてません。わたしは、もしかしたら、三人の女はかって同じ職場にいたのではないかと思ったんですが、それは外れでした」

「真季子と葉子は、あずみの学校時代の後輩とは考えられませんかね？」

「調査員が坂巻あずみの卒業した小・中・高校・短大の卒業生名簿をチェックしてみたんですが、末次真季子と神尾葉子の名はどれにも載《の》ってなかったそうです」

「そうですか。三人の女は、どこかで結びついてると睨んでたんですがね」

「ひょっとしたら、三人は同じ習い事をしてるのかもしれないな。茶道とか華道とかね」

「それは、考えられそうだな。あるいは、三人の行きつけの飲食店が同じで、そこで自然に親しくなったとも」

「ええ、そうですね。調査員に、そのあたりの洗い直しを急がせましょう」

「わたしは今夕にも、坂巻あずみを尾行してみるつもりです」

「公務のほうは大丈夫なんですか？」

「大丈夫です。わたしは、窓際族のひとりですんでね」

「ご冗談を……」

「実際、そうなんですよ。取り返しのつかないミスをやっちゃって、本部事件係から外されてしまったんです」

「そうだったんですか」

「そういうことですので、時間だけはたっぷりあります。それに上司や同僚もわたしには関心を示しませんから、自由に動き回れます」

最上は自嘲気味に言った。

「話をすり替えるようですが、東京区検は本件を起訴に持ち込む気なんでしょ？」

「実は昼前に区検の赤瀬川検事と会ったんです。そのときの感触だと、彼は何が何でも清水さんをクロにして、法廷で大賀さんと対決したいと考えてるようでしたね」

「困った方だ」

「出世欲の強い検事は功名心から遣り手の弁護士に敗訴という屈辱感を与えたくて、灰色の被疑者を起訴することがよくあるんです」

「そういうケースがあることは、わたしも知ってます。しかし、裁判は検事と弁護士の手柄合戦じゃありません。そんなことは赦《ゆる》されることじゃない」

「わたしも同感です。しかし、そういう現実があることも確かです」

「ええ。それにしても、赤瀬川検事は大変な自信家だな。強気で起訴に持ち込んでも、一審二審で無罪判決が下ったら、彼は失点を負うことになるのになあ」

大賀が苦笑いをした。

「彼は学校秀才で、一度も挫折感を味わったことがないんだと思います。だから、無謀《むぼう》な賭けに打って出たという意識はないんでしょう」

「つまり、赤瀬川検事はわたしに勝てると思ってるわけか」

「そうなんでしょう。あまりにも自信過剰ですよ」

「それが若さってものかもしれません。別に区検のパワーに怖じ気づいたわけじゃないが、不起訴処分を勝ち取りたいですね」

「博通堂は清水さんが起訴されたら、即座に解雇する気なんですね？」

「会社側は明言は避けてますが、おそらく清水氏を馘首《かくしゅ》するつもりでしょう。そんなことになったら、清水氏が気の毒です。一日も早く氏の疑いを晴らしてやりませんとね」

「ぜひ、そうしてあげてください。微力ながら、わたしも側面から応援させてもらいます。きょうは、ありがとうございました。これで失礼します」

最上は謝意を表し、すっくと立ち上がった。

大賀弁護士に見送られ、事務所を出る。エレベーターに乗り込んだとき、腹が鳴った。

（どこかで昼飯を喰《く》おう）

最上は双葉ビルを出ると、ボルボを芋洗坂《いもあらいざか》に走らせた。

坂の途中に玲奈と何度か入ったことのあるイタリアン・レストランがあった。料理はどれも安くてうまい。ボリュウムもあった。

数分で、その店に着いた。最上は脇道に車を駐め、イタリアン・レストランに入った。客の姿は疎《まば》らだった。

最上は窓際のテーブル席に落ち着き、パスタとエスプレッソを注文した。

携帯電話が懐で打ち震えたのは、食後の一服をしているときだった。最上は喫《す》いさしのセブンスターの火を揉み消し、ポケットフォンを耳に当てた。

「最上の旦那ですね？」

相手が確かめた。私立探偵の泊栄次《とまりえいじ》の声だった。

ゼネラル興信所所長と名乗っているが、所員はひとりもいないはずだ。事務所は東池袋にあるようだが、最上は一度も訪ねたことはない。

泊は五十年配で、額が禿《は》げ上がっている。猫背で、貧相な男だ。去年の春に八王子《はちおうじ》署に恐喝未遂容疑で逮捕され、目下、執行猶予中の身である。

最上は以前の裏仕事で敵側に雇われていた泊を取り込み、逆スパイに仕立てて情報を集めさせた。

そのあと、彼に強請《ゆすり》の材料を提供してやったことがある。といっても、相棒ではない。単なる使いっ走りだ。

「あんたか」

「素っ気ない言い方ですね」

「用件を言ってくれ。こっちは忙しいんだ」

「旦那、おいしい話をまた回してくれませんか。この二ヵ月、浮気調査の依頼が一件もないんですよ。このままじゃ、顎《あご》が干上《ひあ》がっちまいそうです」

「おれは、あんたの甥《おい》っ子じゃない。生活の面倒を見てやる義理はないはずだ」

「冷たいなあ。わたし、旦那のために、いろいろ危ない橋を渡ったじゃないですか」

「恩着せがましいことを言うと、あんたの執行猶予を取り消しにしちまうぞ」

「そ、それだけはご勘弁を！　刑務所《ムショ》暮らしは、もう懲《こ》り懲《ご》りです。それはともかく、ほんとうに金に困ってんですよ」

　泊が訴えるように言った。

「そんなに暮らし向きがきつかったら、お得意の手を使えよ」

「お得意の手？」

「とぼけるなって。あんたは首都圏のモーテルで利用客の車のナンバーを調べ、約八百人の男に不倫現場を押さえたという内容の脅迫状を送りつけて、口留め料をせしめようとしたんだろ？」

「ええ、まあ。けど、金を脅し取る前に八王子署に検挙《アゲ》られちゃいましたからね」

「今度は、うまくいくかもしれないじゃないか」

「旦那、あまりいじめないでくださいよ。また失敗踏《ドジ》んだら、今度こそ実刑喰らっちゃいます」

「喰らってる間は、一日三食の飯は保証されるぜ。少し別荘でのんびりするのもいいと思うがね」

「旦那も人が悪いな。とにかく何か銭になる材料《ネタ》があったら、わたしにも回してほしいんです。欲はかきません。旦那の喰い残しを少し分けてもらえれば、それで充分なんです」

「あんた、何か勘違いしてるな。おれは現職の検察官だぜ。法に触れるようなことをするわけないだろうが」

「喰えない旦那だ。お言葉を返すようですが、わたしの目は節穴じゃありません。旦那が裏でなさってることぐらい……」

「おれが何をしてるというんだ？　はっきり言ってみろっ」

「旦那、怒らないでくださいよ。何もわたしは、最上の旦那から口留め料を脅し取ろうとなんて考えてるわけじゃないんですから」

「口留め料だって？　それは、どういう意味なんだっ」

「もっと怒らせちゃったな。旦那、謝ります。わたしがさっき口走ったことは、ただの寝言です。だから、どうか聞き流してください」

「ま、今回に限り勘弁してやろう」

「ありがとうございます。また、そのうち電話させてもらいます」

「あんたとデートする気はないぜ」

最上は泊をからかって、先に終了キーを押した。

に乗り込む。携帯電話を上着の内ポケットにしまい、すぐに席を離れた。勘定を払い、脇道に駐めたボルボ

まだ午後二時過ぎだった。坂巻あずみに貼りつくのは早過ぎる。

最上は、いったん職場に戻ることにした。

車を発進させた。

二十分そこそこで、検察庁合同庁舎に着いた。三階の刑事部に戻り、ごく自然に自分の席についた。

馬場部長と目が合ったが、何も言われなかった。

検察事務官の菅沼の姿は見当たらない。新庄朋和の女性関係を調べに出かけたのだろう。

最上は、すでに一度読んだ告発状にふたたび目を通しはじめた。時間潰《つぶ》しだった。

午後四時を数分過ぎたころ、刑事部のドアが半分だけ開けられた。最上は出入口に目をやった。

すると、菅沼が顔半分だけ覗かせ、目顔《めがお》で最上を呼んだ。最上は無言でうなずき、すぐさま腰を上げた。

廊下に出ると、菅沼が低く告げた。

「頼まれた件の報告です」

「ご苦労さん！　で、どうだった？」

「新庄朋和に女っ気はありませんでした。三十八だそうですが、まだ独身です。近所の人たちの話ですと、新庄は二十三、四の美青年と一緒に暮らしてるそうです。二人は外出するとき、必ず手をつないだり、腰に片腕を回し合ってるという話でしたから、ゲイのカップルなんだと思います」

「新庄はホモだったのか。だったら、坂巻あずみとは何もつながりはないな」

最上は小さく呟いた。菅沼がすぐに問いかけてきた。

「今度はどんな事件に首を突っ込んだんです？」

「もう少し時間をくれないか。いまは説明するにも、材料が少なすぎるんだ」

「そうですか。それなら、無理に話してくれとは言いません。ですが、ぼくに協力できることがあったら、いつでも声をかけてくださいね」

「わかった。また、ちょっと出かける用ができたんだ。後は、うまくやっといてくれ」

最上は言いおき、エレベーター・ホールに向かって歩きだした。

4

夕闇が一段と濃くなった。

あと十数分で、午後五時になる。

最上はボルボの中から、斜め前にある古びた八階建てのビルの出入口を注視していた。明正商事は、ビルの五階にある。

坂巻あずみがまだ社内にいることは、確認済みだ。

最上はアパレル・メーカーの社員になりすまし、明正商事に電話をかけ、あずみに電話アンケートに協力してほしいと頼んだのである。あずみは仕事中であることを理由に素っ気なく断った。

最上は断られて、ほっとした。相手が真《ま》に受けたら、もっともらしい質問を重ねなければならない。

古びたビルは、豊島《としま》公会堂の近くにある。裏通りだった。

路上には幾台ものワンボックス・カーやライトバンが駐《と》められている。たとえボルボが数時間同じ場所に留《とど》まっていても、誰かに怪しまれることはなさそうだ。

最上はセブンスターをくわえた。

張り込みに必要なのは粘りだ。焦《あせ》らずにマークした人物が動き出すのをじっと待つ。それが最善策だった。

最上はゆったりと煙草を吹かした。

喫《す》い終えたとき、上着の内ポケットで携帯電話が身震いした。最上はポケットフォンを取り出し、すぐ耳に当てた。

「わたしよ」

玲奈の声だった。

「昨夜《ゆうべ》はお疲れさま！　きょうは眠くて仕事にならなかったろう？」

「ええ、さすがにお疲れモードね。目の下の隈《くま》を化粧で隠すのに苦労したわ」

「お互いに燃えたからな」

「そうね。おかげで、心身ともにすっきりしたわ」

「おれもだよ」

「そう。ね、けさ話してくれた件でもう動きはじめてるの？」

「ああ、早速ね」

最上は経過を手短に話した。

「清水という博通堂の部長、坂巻あずみって女に陥《おとしい》れられたようね」

「おそらく、そうなんだろう」

「僚さん、相手が女だからって、油断しないでね。あずみのバックに、荒っぽい男がいるかもしれないから」

「わかってるよ」

「それはそうと、二十七人の組員たちの退職金というか、正業に就《つ》くための独立資金はどうするの？」

「そのうち何とかするよ」

「でも、総額で十三億五千万円だったわよね？」

玲奈が確かめた。

最上は曖昧《あいまい》に答えた。非合法な手段で大物政治家から五億円を入手したことは、玲奈には打ち明けていなかった。

別段、善人と思われたいからではない。裏ビジネスに玲奈を巻き込んで、彼女に迷惑をかけたくなかったからだ。

「以前にも一度言ったことがあるけど、悪質な大口脱税者が何人もいるのよ。そういう連中を三、四人揺さぶれば、組員たちの独立資金はすぐに都合《つごう》がつくと思うわ。僚さんにその気があったら、わたし、大口脱税者のリストをいつでも渡すわよ」

「おい、おい！　おれは検事だぜ」

「でも、最上組の三代目組長でもあるわけよね。組員たちの独立資金は何が何でも工面しなきゃならないんでしょ？」

「うん、まあ」

「だったら、肚《はら》を括《くく》って、狡猾《こうかつ》な大口脱税者どもからお金を脅し取ってもいいんじゃない？」

「過激なことを言うんだな」

「ええ、過激かもしれないわね。わたし、悪質な大口脱税者たちが赦《ゆる》せないのよ。ふつうの給与所得者や自営業者はささやかな収入の中から、真面目にちゃんと税金を払ってる。なのに、大口脱税者たちは汚い手を使って、納税の負担を軽くすることばかり考えてるのよ。誰かが連中を懲《こ》らしめてやらないとね」

玲奈が憤《いきどお》ろしげに言った。

一瞬、最上は裏仕事のことを口走りそうになった。しかし、すぐに思い留まった。

「僚さん、本気で考えてみて」

「組員たちの更生資金は、おれが自力で何とかするよ。名目だけだが、一応、三代目組長だからな」

「だけど、金策の当てがあるわけじゃないんでしょ？」

「ああ、特にね。近々、関東侠友会の塩谷武徳《しおやたけのり》会長を訪ねて、相談してみるつもりなんだ。実はおれ、ベンチャー成金《なりきん》たちを集めて大賭場を開く気になりかけてるんだよ」

「ベンチャー成金たちなら、お金は腐るほど持ってるでしょうね。だけど、彼らをどうやって賭場に誘い込むわけ？」

玲奈が訊いた。

「成金どもは、たいてい愛人を囲ってる」

「組の人たちに彼らのスキャンダルを押さえさせて、賭場に誘い込むのね？」

「当たりだ」

「それ、グッド・アイディアじゃないの。僚さん、実行すべきよ」

「そうだな。そんなわけだから、そっちは心配しなくてもいいんだ。気持ちは嬉しいがね」

「僚さんがそこまで考えてるんだったら、もう余計なことは言わないわ」

「そうか。いろいろありがとう」

最上は礼を言って、先に電話を切った。

ポケットフォンを懐に戻したとき、ビルの表玄関からハーフめいた顔立ちの女が現われた。坂巻あずみだった。

車で尾行すべきか。それとも、徒歩で尾《つ》けるべきか。

最上は短く迷った末、助手席からカシミアの黒いチェスター・コートを掴み上げた。素早く車を降り、コートを羽織《はお》る。

あずみは中池袋公園を回り込むと、表通りに出た。

最上は一定の距離を保《たも》ちながら、あずみを追った。

あずみは横断歩道を渡り、三越の並びにある飲食店ビルに入っていった。誰かと待ち合わせることになっているのだろうか。

最上は足を速《はや》めた。

飲食店ビルに足を踏み入れると、あずみがエレベーター・ホールに立っていた。後ろ向きだった。

最上はゆっくりとエレベーターに近づき、あずみの背後にたたずんだ。

あずみのベージュのウール・コートは、有名ブランド物だった。二十万円以上はするはずだ。バッグもフランス製だった。

エレベーターの扉が開いた。

あずみが先に函《ケージ》に乗り込み、ドアの近くに立った。最上は奥まで進んだ。

「何階ですか？」

あずみが前を向いたまま、最上に問いかけてきた。

「七階です。ボタンを押してもらえますか？」

「はい」

最上は言って、あずみの手許《てもと》を見た。三階のランプが灯《とも》っていた。

エレベーターが上昇しはじめた。

「申し訳ない」

あずみは三階で降り、ホールの目の前にあるベトナム料理の店に消えた。

最上は動かなかった。いったん七階に上がり、フロアの奥にあるトイレに入った。

洗面台の鏡の前に立ち、前髪を額いっぱいに垂らした。さらに変装用の黒縁眼鏡をかける。レンズに度は入っていない。

少しは印象が違って見えるはずだ。

最上は手洗いを出ると、コートを脱いだ。小脇に抱えて、ふたたびエレベーターに乗り込む。

降りたのは三階だった。

最上は迷わずベトナム料理の店に入った。

店内を見回すと、奥まったテーブル席に坂巻あずみがいた。ひとりだった。人待ち顔で紫煙をくゆらせている。黒のタートルネック・セーターに、下は茶系のミニ・スカートという身なりだ。

最上は中ほどの席についた。

すぐにベトナム人らしい若い女性がオーダーを取りに来た。最上はメニューを眺め、海老《えび》と野菜の生春巻《なまはるまき》、牛《ぎゅう》チリソースうどん、ビールを頼んだ。

ウェイトレスがテーブルから遠ざかったとき、店に二人の女が入ってきた。ともに二十三、四に見えた。

片方は髪をショート・ボブにしている。痩《や》せぎすで、小柄だった。もうひとりはグラマラスな体型で、背も高い。

二人は小さく手を振ると、あずみの席に歩み寄った。彼女たちは並んで腰かけた。

清水を痴漢だと証言した末次真季子と神尾葉子かもしれない。

最上はセブンスターに火を点け、耳に神経を集めた。

あずみがウェイトレスを呼び、数種のベトナム料理を注文した。ウェイトレスが下がると、小柄な娘が低くあずみに問いかけた。

「きょうの獲物は誰なんですか？」

「西口の東都百貨店の外商部の部長よ。部長の行動パターンは調査済みだから、午後七時半から八時の間には店から出てくるはずだわ」

「帰宅ルートは？」

「池袋から地下鉄丸ノ内線に乗って、茗荷谷《みようがだに》駅で下車するの。逆コースだから、それほど車内は混雑してないんじゃないかな」

「ええ、多分ね」

「二人とも、うまく壁になってよね」

「はい」

二人組が声を揃えた。

最上は店内のインテリアを眺める振りをして、小さく首を巡らせた。ちょうどそのとき、あずみがバッグの留金《とめがね》を外した。

抓《つま》み出したのは、一葉のカラー写真だった。五十年配の男の顔が写っている。

「その男が今夜の標的なのね？」

グラマラスな女が、あずみに確かめた。

「ええ、そうよ。山根信夫《やまねのぶお》という名なの。えーと、五十二だったかな」

「いかにも人が好《よ》さそうなおじさんね」

「だからって、葉子ちゃん、同情は禁物よ」

「ええ、わかってるわ」

「真季子ちゃんも、いいわね？」

あずみがショート・ボブの女に顔を向けた。

「わかってます、わかってます。それで、あずみさんは、どのあたりで仕掛けるつもりなんですか？」

「地下鉄が新大塚駅を出たら、すぐにアクションを起こすつもりよ。だから、二人ともそれまでにターゲットの両側に回ってね」

「了解しました」

小柄な女がおどけて敬礼した。

三人は高く笑い、すぐに声をひそめた。

（やっぱり、坂巻あずみは偽の証人たちと共謀して、管理職の男たちを故意に痴漢に仕立ててたんだな）

最上は短くなった煙草の火を消した。

あずみの狙いは何なのか。単に男たちに復讐をしているだけとは思えない。

大賀弁護士の話によると、あずみに痴漢扱いされた二十三人の男のうち、十五人が依願退職している という。

彫りの深い美人ＯＬは、リストラ請負人とつるんでいるのか。長引く不況で、多くの企業が人減らしを強《し》いられている。

大手ゼネコンに深く喰い込んでいた経済やくざが会社側の依頼で中高年社員をセックス・スキャンダルの主役に仕立て、早期退職に追い込んだ事件が過去にあった。それも、つい数年前の事件だ。

あずみは、その種のリストラ請負人に雇われ、次々に男たちを罠に嵌めているのかもしれない。

最上のテーブルにビールとベトナムの家庭料理が運ばれてきた。

ビールを一杯呷《あお》り、生春巻を頰張った。塩味の利いた海老がうまい。牛チリソースうどんは辛《から》すぎて、うどんの味がよくわからなかった。

最上は食事をしながらも、あずみたち三人の会話に耳を傾けていた。いつの間にか、彼女たちの卓上にもベトナム料理の皿が幾つも並んでいた。

あずみたちは流行のファッションのことを話題にしながら、せっせと箸《はし》とスプーンを動かしている。

最上は、残りのビールをちびりちびりと飲んだ。小《こ》一時間が過ぎたころ、あずみが二人の女にそれぞれ茶封筒を手渡した。

「今夜のギャラよ。いつものように、福沢諭吉が三枚ずつ入ってるわ」

「いつもすみません」

　末次真季子らしい小柄な女が嬉しそうな声で礼を述べた。

「あなたたち二人の協力がなかったら、男性たちを困らせることはできないわけだから、わたしも感謝してるの」

「あずみさん、そろそろ話してくれてもいいんじゃない？」

　神尾葉子と思われる大柄な女が言った。

「何を話せって言うの？」

「あずみさんは、ただ男たちを懲《こ》らしめたいだけじゃないのよね。ひょっとしたら、彼氏か誰かと組んで警察に突き出した男たちの家族から慰謝料というか、示談金みたいなものを巻き上げてるんじゃない？」

「葉子ちゃん、臆測《おくそく》で物を言うのは失礼よ。あなたたち二人には何度も言ったはずよ、わたしは単に男たちを懲らしめたいだけだって」

「そうなんだけど、なんか信じられないのよね。だってさ、わたしと真季子は毎回三万円ずつ貰《もら》っちゃってるのよ。あずみさんと知り合って、かれこれ二年近くになるけど、昔のあなたは割に締まり屋さんだったでしょ？」

「二人には黙ってたけど、実は一年ぐらい前に宝くじで一千万円当てたのよ」

「ほんとに⁉」

「ええ、そうよ。でもさ、一千万円って中途半端な額でしょ？　分譲マンションはとても買えないしね。しばらく遣《つか》い途《みち》をいろいろ考えてみたんだけど、わたし、高級外車なんか欲しいと思わないから、いっそ無駄遣いしちゃえって思ったのよ」

「わたしだったら、マンションの頭金にするけどな」

「葉子ちゃんらしいわ。まだ時間があるわね。西口でコーヒーでも飲んで時間を潰そうよ」

あずみがそう言い、卓上の伝票を抓み上げた。二人の連れが慌てて腰を上げた。

三人が店を出ていくと、最上は急いでレジに向かった。支払いを済ませたとき、あずみたち三人がエレベーターに乗り込みはじめた。

最上は函《ケージ》の扉が閉まる寸前に、同じエレベーターに飛び込んだ。すぐに三人に背を向けた。

エレベーターが一階に停止すると、最上は大股で飲食店ビルを出た。ビルの近くの暗がりに走り入り、あずみたちが姿を見せるのを待った。

じきにマークした三人が外に出てきた。あずみたちは池袋駅に足を向けた。

最上は細心の注意を払いながら、三人を追尾《ついび》しはじめた。

あずみたちは駅のコンコースを通り抜け、西口のティー・ルームに入った。小さな店だった。

最上はティー・ルームの前の通りを行きつ戻りつしはじめた。

夜気は凍《い》てついていた。体の芯《しん》まで凍《こご》えた。

ボルボを駐めた裏通りまで駆け戻ることも考えた。車内で張り込めば、寒さは凌《しの》げる。だが、いずれ三人は地下鉄電車に乗ることになっている。

西口の駅前に路上駐車できそうな場所は見当たらない。有料駐車場を探している間に、あずみたちを見失う恐れもある。

最上は寒風に耐えながら、表で張り込みつづけることにした。

チェスター・コートの襟《えり》を立て、首を縮める。それでも、刃《やいば》のような夜風が頬を刺す。

最上は足踏みをしながら、必死に耐えた。

あずみたちが店から出てきたのは、七時十五分ごろだった。

三人は百数十メートル離れた東都百貨店の従業員通用口に回った。最上は三人の後を追った。

あずみたちは従業員通用口の門扉《もんぴ》のそばにたたずんだ。

最上は三人からは見えない場所に立った。

七時半を回ると、デパートの社員たちがひっきりなしに出てきた。あずみが連れの二人に何か耳打ちしたのは、七時五十分ごろだった。

人の流れの中に、五十絡みの男の姿があった。

小太りで、頭髪がだいぶ薄い。外商部の山根部長なのか。

あずみたちが人波の中に紛《まぎ》れ込んだ。

三人は小太りの男のすぐ後ろを歩いている。

男は何か考えごとをしているのか、うつむき加減で歩を進めていた。あずみたちに尾《つ》けられているとはまるで気づいていないのだろう。

最上は人波を掻《か》き分け、あずみたちと男の姿が見える距離まで迫《せま》った。

やがて、四人はひと塊《かたまり》になって池袋駅の構内に入った。小太りの男は地下鉄丸ノ内線乗り場に直行し、定期券で改札を通過した。

あずみたちが切符売り場に駆け込んだ。

最上も、いちばん端の切符販売機に急いだ。

第二章　狙《ねら》われた退職金

1

背後でドアが閉まった。

地下鉄電車が走りはじめた。間一髪《かんいっぱつ》だった。

最上は発車寸前に飛び乗ったのである。ひとまず安堵《あんど》した。

乗り込んだのは、最後尾の車輛だった。

車内はそれほど混んでいない。空席こそなかったが、吊り革にぶら下がっている乗客は少なかった。

小太りの五十男と坂巻あずみたち三人は、隣の車輛にいるはずだ。最上は隣の車輛に移った。

東都百貨店の外商部長と思われる男は、中ほどの乗降口の近くに立っていた。彼の真ん前には、あずみがいる。

彫りの深い美人ＯＬはドアのガラスに顔を寄せ、トンネルの壁を見つめていた。男の斜め後ろには、あずみの仲間の二人が立っている。

ほどなく電車が新大塚駅に滑り込んだ。

何人かが降り、何人かが車内に乗り込んできた。ドアが閉ざされ、ふたたび電車が動きはじめた。

最上は体の向きを変え、あずみたちのいる側の吊り革に摑まった。

男と三人の女は左手にいる。三、四メートル離れた場所だった。

最上は、あずみから目を離さなかった。

少しすると、あずみがよろけた振りをして後方に退《さ》がった。ヒップが背後の五十男の体に触れそうになった。

すると、男がへっぴり腰になった。ほとんど同時に、あずみが男の右手首を荒々しく摑んだ。

「いやらしいわね！」

「え？」

小太りの男は、きょとんとした顔をしている。

「とぼけないでよ。この手で、わたしのお尻をずっと撫で回してたくせに」

「な、何を言ってるんだっ。わたしは、きみの体にまったく触れてない。でたらめを言うな！」

「みなさん、この男は痴漢です」

あずみが両手で男の右手首を摑み、大声を張り上げた。

「確かに、前にいるおじさんは彼女のお尻を撫でてたわ」

「うん、わたしも見た」

ショート・ボブの女とグラマラスな女が聞こえよがしに言った。近くにいる乗客たちが小太りの男に尖《とが》った目を向けた。

「違うんです。みなさん、わたしは何もおかしなことはしてません」

「あんたさ、いい年齢《とし》して恥ずかしくないのかよっ」
二十一、二の青年が座席から立ち上がった。毛糸の黒いワッチ帽を被《かぶ》り、白いダウン・コートを着ていた。
「きみは、わたしが痴漢行為をしたとこを見たのか？」

五十絡《がら》みの男があずみの両手を引き千切《ちぎ》り、若い男に向き直った。

「見たわけじゃねえよ。けどさ、変なことされたって娘《こ》がいるじゃねえか。それに、複数の目撃者もいるんだぜ」

「わたしは何もしてないっ」

「おっさん、観念しろや」

「きみは口出しするな」

「なんだと、このスケベ野郎が！」

ワッチ帽を被った若い男が顔色を変え、小太りの男の胸倉を掴んだ。

「うぜえんだよ、おっさん！　早くドアんとこにいる彼女に謝れよ」

「口を慎《つつし》め」

「謝る必要はない」

「開き直りやがって」

「きみこそ、無礼だぞ。このわたしを痴漢扱いして」

「痴漢そのものじゃねえか」

「きさま！」

五十年配の男が相手の両腕を摑んだ。と、ワッチ帽の青年が足払いをかけた。

小太りの五十男は床に転がった。横倒れだった。

「ね、その男を警察に突き出して」

あずみが若い男に声をかけた。

「ああ、いいよ」

「わたしたち、証人になってもいいわ」

ショート・ボブの小柄な女が連れと顔を見合わせてから、あずみに言った。

「そうしてもらえると、ありがたいわ。よろしくお願いします」

「わかりました」

「あんた、立ちなさいよ」

あずみが小太りの男に鋭く言った。男は腰をさすりながら、あずみを睨《ね》めつけた。

「この野郎、ふざけやがって」

ワッチ帽を被った若者が乱暴に五十男を摑み起こした。

「その方は痴漢じゃない」

最上は誰にともなく言った。若い男が振り返った。

「おたく、何を言ってるんだっ」

「きみが倒した男性は妙な行為はしてない。おれは、彼女がわざと後ろに退《さ》がって背後の男性に体を密着させたとこを見たんだ」

最上はあずみの顔を見ながら、若い男に言った。若い男が、あずみに問いかけた。

「どうなの？」

「わたしが自分で体を密着させるわけないじゃないのっ」

「そうだよな」

「あなた、どういうつもりなのよ！」

あずみが最上に喰ってかかってきた。仲間の二人も詰《なじ》るような目を向けてきた。

「事実を口にしただけだ。きみは、明正商事に勤めてる坂巻あずみさんだね？」

「なんでわたしの名前を知ってるの!?」

「連れの二人は、末次真季子さんと神尾葉子さんだろ？」

最上は言った。あずみたち三人は、薄気味悪そうに顔を見合わせた。

「おたく、何者なの?」

あずみが恐る恐る訊いた。

「ある捜査機関で働いてる者だ」

「刑事さんなの⁉」

「警察の者じゃない」

「というと、検事さんか何かなのね?」

「ま、そんなとこだ。清水邦光さんの事件で、きみら三人にいろいろ訊きたいことがあるんだ。十分ほどつき合ってもらうぜ」

最上は言った。

そのとき、あずみたち三人が一斉に逃げた。

「東京地検の者です。次の駅のホームで待っててください」

最上は小太りの五十男に言いおき、あずみたちを追った。すでに三人は別の車輛に移っていた。

最上は隣の車輛に入った。

電車が減速しはじめた。茗荷谷駅に近づいたようだ。最上は通路を走った。

電車がホームに滑り込んだ。

最上は近くの乗降口からホームに降りた。

ホームの端に、あずみたち三人が固まって立っている。改札口とは反対側だった。

最上は三人に近づいていった。

あずみたちは狼狽《ろうばい》し、何か言い交わした。数秒後、あずみと大柄な女が車内に飛び込んだ。

小柄な女が乗車しかけたとき、扉が閉まった。

すぐに電車が走りはじめた。ショート・ボブの女はうろたえ、ホームの下に飛び降りそうな素振りを見せた。

最上は駆け寄り、小柄な女の片腕を摑んだ。

「きみは末次真季子さんだな？」

「違うわ、違います」

「捜査に協力しないと、後で悔やむことになるよ」

「ごめんなさい。末次です」

「坂巻あずみと一緒に逃げた背の高い彼女は、神尾葉子だね？」

「は、はい」

「きみら二人は、あずみとどこで知り合ったんだ？」

「池袋のクラブです。クラブといっても、ホステスのいる店じゃなくて……」

「ああ、わかるよ」

「あずみさんも、その店の常連だったんです。彼女と親しくなったのは、二年近く前なんです」

「そう。ベトナム料理の店にも、よく行ってるようだね？」

「えっ、なんで知ってるんですか⁉」

真季子が目を丸くした。

「きみらのいる席の近くで、おれも食事をしてたんだ」

「もしかしたら、あずみさんを会社から尾行してたの？」

「その通りだよ。ベトナム料理の店を出てから、きみらは西口のティー・ルームに入った。それから東都百貨店の社員通用口で山根信夫を待って、彼と一緒に地下鉄電車に乗り込み、痴漢に仕立てようとした。そうなんだね？」

「わたしと葉子は面白半分に、偽証してただけです。大勢の中高年に罠を仕掛けた張本人はあずみさんです」

「きみら二人は偽証するたびに、三万円の謝礼を貰ってたわけか」

「ええ、まあ」

「坂巻あずみは数カ月の間に二十三人の管理職たちを痴漢にし、八日ほど前には博通堂の清水部長に濡衣を着せたな？」

「……………」

「答えるんだ。きみと神尾葉子は遊び気分で偽証したんだろうが、たくさんの中高年の男が人生を変えさせられたんだぞ。少しは反省しろっ」

　最上は叱りつけた。

「悪いことをしたと思ってます」

「清水邦光は、坂巻あずみに淫らなことはしなかったんだなっ」

「はい、何もしてません。あずみさんに頼まれて、いつものように葉子とわたしは嘘の証言を……」

「あずみは、なぜ清水邦光を狙ったんだ？」

「そのあたりのことは、よくわかりません。最初のときから、あずみさんは獲物の顔写真をわたしたち二人に見せるだけで、詳しいことは何も話してくれませんでしたから。今夜のターゲットについても、彼女は特に何も喋らなかったの」

「そうか。それでも、あずみを背後で操《あやつ》ってる人物がいるかもしれないとは考えただろ？」

「ええ、それはね。葉子とわたしは何度か彼女に、そのことを訊ねたことがあるんです。だけど、あずみさんは不特定多数の男たちを懲らしめてやりたいだけだとしか言いませんでした」

「きみら二人は、それぞれ七十万円以上の謝礼を貰ったわけだね？」

「は、はい。わたし、お金はあずみさんに全額返します」

「そのことは、どうでもいいんだ。こっちは、あずみのバックにいる人物のことを知りたいんだよ。誰か思い当たる奴はいないか？」

「具体的にはわかりませんけど、彼女には誰か親しくしてる男性がいると思います。半年ぐらい前から、あずみさん、急にリッチになったんですよ。もしかしたら、誰かの愛人になったんじゃないかしら？」

「こちらの捜査資料だと、坂巻あずみは目白《めじろ》五丁目のワンルーム・マンションに住んでるはずだが……」

「ええ、いまも『目白コーポラス』の三〇一号室に住んでますよ。でも、今夜は警戒して、自分の部屋には帰らないんじゃないかな」

「ああ、おそらくね」

「危《ヤバ》い！」

真季子が小さく叫んで、後ずさった。

最上は振り返った。小太りの男がゆっくりと近づいてくる。険《けわ》しい表情だった。

「東都百貨店の山根信夫さんですね？」

「そうです。地検の方が、どうしてわたしの名をご存じなんです？」

「あなたのことは内偵捜査でわかったんです。山根さんにヒップを撫でられたと騒ぎだした女は坂巻あずみという名のＯＬなんですが、部長職に就《つ》いてるサラリーマンたちを二十人以上も痴漢に仕立てた疑いが濃いんです。それで、わたしは内偵捜査をしてたわけです」

「坂巻あずみなんて女は知りませんね。なぜ、わたしが狙われたんでしょう？」

「残念ながら、それはまだ謎なんですよ。この娘《こ》は坂巻あずみに頼まれて、嘘の証言をしてたんです」

最上は真季子に目をやった。

山根がいきり立ち、真季子に掴みかかった。

「いったい何の真似なんだっ」

「ごめんなさい。わたし、小遣い欲しさについ……」

真季子が震え声で詫《わ》びた。最上は二人の間に割って入り、山根に話しかけた。

「さっきのこと、警察沙汰にされますか？　もしそうされるんでしたら、わたしが証人になりましょう」

「いや、事を大げさにはしたくありません」

「そうですか。でしたら、お引き取りくださっても結構です」

「わかりました。理由はどうあれ、善良な市民を痴漢に仕立てるなんて悪質です。検事さん、逃げた二人も含めて三人の娘をきつく叱ってくださいよね」

山根がそう言い、改札口に足を向けた。

最上は真季子に顔を向けた。

「きみに協力してもらいたいことがある」

「協力って？」

「逃げた坂巻あずみは、携帯電話を持ってるね？」

「ええ、持ってるわ」

「あずみに電話して、いま、どこにいるか探り出してもらいたいんだ」

「断ったら、どうなるの？」

真季子が訊いた。

「その場合は、きみを新宿署に連れていく。そして、清水邦光の担当係官に会わせる。偽証も、れっきとした犯罪だからな」

「お願い、警察には連れていかないで」

「だったら、あずみに電話をするんだな」

最上は突き放すような言い方をした。

真季子が童女のように首を横に振りながら、自分のバッグの中から携帯電話を取り出した。すぐにタッチ・コール・ボタンを押しはじめた。

「居場所がわかったら、きみもそこに行くと言うんだ。いいね？」

最上は真季子の耳許で言った。真季子が無言でうなずき、最新型のポケットフォンを耳に当てた。

電話がつながったようだ。

「末次です」

「……………」

当然のことながら、あずみの声は聴こえない。

「ええ、うまく逃げきったんです。でも、まだ心臓がドキドキしてます。あずみさんは、いま、どこにいるんですか？」

「……………」

「葉子も一緒なんですね？　そうですか。それなら、これからわたしも、その店に行きます。三人で、どこかで飲みましょうよ」

「……………」

「はい、すぐに行きます。必ず待っててくださいね」

真季子が携帯電話の終了キーを押した。最上は、すぐに問いかけた。

「どこにいるって？」

「後楽園の近くの喫茶店にいるそうです。お店の名前は『エルパソ』で、水道橋駅寄りにあるって言ってました」

「後楽園なら、一つ先だ。改札を出てタクシーを探すよりも、電車のほうが速いだろう」

「そうですね」

二人はホームの前に出た。

数分待つと、地下鉄電車が滑り込んだ。

最上たちは乗り込み、次の後楽園駅で下車した。

『エルパソ』は造作なく見つかった。古めかしい喫茶店だった。

店内に入ると、奥まった席で葉子が所在なげに煙草を喫《す》っていた。彼女は最上の姿に気づき、慌《あわ》てふためいた。

「葉子、逃げなくても大丈夫よ」

真季子が言いながら、先にテーブル席に近づいた。

最上は素早く店の中を見回した。あずみの姿は見当たらない。化粧室にいるのか。

「ね、あずみさんは？」

「少し前に、外に出ていったのよ。バージニア・スリム・ライトを自動販売機で買ってくるって言ってね。表で会わなかった？」

葉子が真季子に問いかけた。真季子が首を横に振った。

「逃げたのかもしれない。二人とも、ここにいてくれ」

最上は真季子たちに言いおき、喫茶店を飛び出した。

少し離れた場所に煙草の自動販売機があったが、その付近に人影はなかった。あずみは本能的に自分の身に危険が迫ったことを嗅《か》ぎ取り、葉子を置き去りにして逃走したのだろう。

最上は『エルパソ』の中に戻った。

真季子は葉子と向かい合って、何かひそひそと話していた。最上は真季子のかたわらに腰かけ、葉子にあずみの交友関係のことを訊いてみた。

しかし、葉子はあずみのプライベートなことは、ほとんど知らなかった。偽証に関する供述は、真季子とまったく同じだった。

「二人とも、もう坂巻あずみとはつき合うな。小遣い銭欲しさに、ずるずるとつき合ってたら、取り返しのつかないことになるぞ」

最上は勢いよく立ち上がり、先に店を出た。

近くの春日《かすが》通りまで歩き、タクシーの空車を拾った。ボルボを駐《と》めてある裏通りまで行ってもらい、自分の車に乗り込んだ。

エンジンをかけ、カー・エアコンの設定温度を二十六度まで上げた。車内が暖まってから、ハンド・ブレーキを解除した。

ちょうどそのとき、上着の内ポケットで携帯電話が打ち震えた。ポケットフォンを耳に当てると、大賀弁護士の沈痛な声が流れてきた。

「最上さん、驚かないでください」

「何があったんです？」

「つい数十分前に、清水氏が亡《な》くなりました。自殺でした。清水氏は着ていたワイシャツの片袖を引き千切って、それを鉄格子に結びつけ、ご自分の首に……」

「即死だったんですか？」

「いいえ、警察病院に運ばれる途中に息を引き取ったという話です」

「どうして清水さんは、急に死を選ぶ気になったんだろうか」

最上は低く呟いた。

「きょうの夕方、担当刑事に明日、起訴されるという話を聞かされてから、ずっと清水氏は塞《ふさ》ぎ込んでたらしいんですよ。起訴されたら、彼は会社を解雇され、社会的な信用も失ってしまうと思い詰めたのかもしれません。清水氏は神経が繊細でしたからね。それにしても、何も死ぬことはなかったのに」

「大賀さん、不当逮捕ということで、なんとか清水さんの汚名をすすいでやってくれませんか」

「わたし個人の感情としては、清水氏の名誉を回復してやりたいのですが……」

大賀が言い澱《よど》んだ。

「博通堂の偉いさんたちは、もう動かないでくれと大賀さんに伝えてきたんですね？」

「ええ、そうなんです。清水氏にはお気の毒ですが、わたしは会社の顧問弁護士という立場なものですから、反論しにくくてね。責任逃れと受け取られるでしょうが、最上さん、わたしの代わりに清水氏の汚名をすすいであげてくれませんか」

「どこまでやれるかわかりませんが、わたしなりに清水氏の無念さを晴らしてやりたいと思ってます」

「どうかよろしくお願いします。わたしが表面に出るわけにはいかなくなりましたが、側面から最上さんを支援させていただくつもりです」

「遺体は一応、司法解剖されるんですね？」

「ええ、明日の午前中にね」

「そうですか。わざわざご連絡をありがとうございました」

最上は電話を切ると、固めた拳《こぶし》でステアリングを打ち据えた。

郁美は、すでに叔父の訃報《ふほう》に接しているだろう。結局、自分はなんの役にも立てなかった。非力な自分が情けない。

（せめて何も力になれなかったことを『つわぶき』の女将に心を込めて詫びよう）

最上はボルボを走らせはじめた。

2

深夜だった。

しかも、雨が降っていた。人っ子ひとり通りかからない。

最上はボルボをあずみの自宅マンションの横に停めた。清水邦光が留置場で命を絶ってから、三日が過ぎていた。

あずみは『エルパソ』から逃げたまま、行方をくらましている。会社を無断欠勤し、自宅マンションにも戻っていない。

最上はグローブ・ボックスから万能鍵と白い布手袋《ぬのてぶくろ》を取り出した。

万能鍵は、だいぶ前に地検の証拠品保管室から盗み出したものだ。常習の窃盗犯が使っていた手製の万能鍵である。耳掻き棒ほどの長さで、平たい金属板だ。

五、六年前から中国人によるピッキング窃盗事件が激増しているが、彼らは二種類の金属工具を使って錠を開けている。そうした工具で簡単に解錠できるのは、ごく一般的に使われているディスク・シリンダー錠だけだ。

それに引き換え、最上が入手した万能鍵は複雑な構造のロータリー・ディスク・シリンダー錠やディンプル錠もたやすく解《と》くことができる。それも、十秒とかからない。

最上は車のエンジンを切り、ダウン・パーカーのフードを被った。外に飛び出し、『目白コーポラス』のエントランスまで走った。

マンションの表玄関は、オート・ロック・システムにはなっていなかった。

管理人室もない。八階建てだった。

最上は居住者のような顔をして、堂々とエレベーターに乗り込んだ。

三階で降り、三〇一号室に向かった。電灯は点いていない。

最上は左右を見回してから、まず布手袋を嵌めた。あずみの部屋の玄関ドアは、ポピュラーなディスク・シリンダー錠だった。

最上はダウン・パーカーのポケットから万能鍵を取り出し、鍵穴に挿《さ》し込んだ。

手首を小さく捻《ひね》ると、金属と金属が嚙み合った。そのまま、ゆっくりと右に回す。錠が外れた。

最上は万能鍵を引き抜き、素早く室内に忍び込んだ。玄関ホールの照明を灯《とも》し、ハーフ・ブーツを脱ぐ。

間取りは１ＤＫだった。

ダイニング・キッチンの右側に寝室がある。十畳ほどのスペースで、出窓側にセミ・ダブルのベッドが置かれていた。最上は、ドレッサーと並んでいる素木《しらき》のチェストに近づいた。

最上段の引き出しを開けると、銀行の預金通帳やマンションの賃貸契約書が収まっていた。

部屋の借り主は、東西トラベル代表取締役城島一穂《じょうじまかずほ》となっていた。最上は、あずみ名義の預金通帳を繰《く》ってみた。

一年数カ月前から、毎月きまって城島から五十万円ずつ振り込まれている。あずみは、城島の愛人なのだろう。

最上は、東西トラベルの所在地を手帳に書き留めた。渋谷区宇田川町《うだがわ》だった。

メモを執《と》り終えたとき、最上は東西トラベルという社名にかすかな記憶があることを思い出した。

何カ月か前に東京地検刑事部に届いた告発状の中に出てきた旅行会社の名だったのではないか。

最上はベッドに浅く腰かけ、記憶の糸を手繰《たぐ》った。

少しすると、記憶が鮮明に蘇《よみがえ》った。間違いない。告発状を書いたのは、五十三歳の主婦だった。

彼女の夫は去年の秋に大手造船会社を五十四歳で早期退職し、三千数百万円の退職金を得た。すぐに再就職活動をはじめたが、これといったスペシャリティのない五十男を好待遇で雇ってくれる企業は一社もなかった。

そんなある日、東西トラベルという未知の会社から夫に電話がかかってきた。

相手の男は、夫がリストラ退職をしたばかりであることを知っていた。学歴や家族構成なども下調べしてあった。

相手は夫をひたすら誉《ほ》め、東西トラベルの役員に迎えたいと切り出した。すっかり自信を失っていた夫は感激し、あくる日、東西トラベルを訪れた。

応対に現われた社長は事業規模を拡大することを熱っぽく語り、夫に三千万円の役員共済金を出資してほしいと頭を下げた。

夫婦はひと晩話し合った末、役員共済金を東西トラベルに預けることにした。数日後、夫は出社した。

最初の五日ほどは役員扱いされたが、その後は苦情係をさせられるようになった。東西トラベルの社員の中には、中高年のリストラ退職者が数十人もいた。

彼らは夫と同様に役員共済金という名目で、数千万円ずつ出資させられている。会社は赤字経営で、倒産の危機に晒《さら》されている状態だ。

夫たちリストラ退職者は、計画的な詐欺に引っかかってしまったのではないのか。地検で捜査に乗り出してもらえないだろうか。

告発状の主は、そう結んでいた。

（最近、その種の詐取《さしゅ》事件が何件も起きてる。あずみのパトロンと思われる城島は同じ手を使って、数十億円の金を騙《だま》し取ったのかもしれない。しかし、同じ手口ばかりでは騙される相手はいなくなるだろう。そこで城島は愛人のあずみを使って、一流企業の管理職たちを痴漢に仕立てさせたんじゃないのか）

最上はそう推測し、さらに思考を巡らせた。

大会社は、どこも企業イメージを大切にしている。社員が警察沙汰を引き起こしただけで、何らかのもっともらしい理由で解雇する企業もあるにちがいない。起訴された場合は、多くの会社が問題を起こした管理職を職場から追放するだろう。

たとえ不起訴処分になっても、痴漢扱いされた男たちは会社に居づらくなるはずだ。城島は仕事を失った彼らに言葉巧みに近づき、それぞれから二、三千万円ずつ騙し取ったのではないのか。

それだけではなく、痴漢の濡衣を着せた男たちの勤務先からも口留め料をせしめていたのかもしれない。

(この三ヵ月の間に坂巻あずみに痴漢に仕立てられた二十三人の男たちの〝その後〟を調べてみる必要があるな)

最上は腰を上げ、またチェストに歩み寄った。次々に引き出しを開け放つ。

最下段のランジェリーの詰まった引き出しの底には、バイブレーターやスキンの箱があった。

その横には、ポラロイド写真の束が収められていた。

最上はポラロイド写真を一枚ずつ眺めた。

あずみが猛《たけ》ったペニスをくわえているアップ写真が圧倒的に多い。四十二、三の男が、あずみの乳首や性器に舌を閃《ひらめ》かせている写真も数葉《すうよう》混じっていた。

写っている男は、城島と思われる。ほかには、結合部分を撮《と》った写真が三枚あった。

最上はポラロイド写真の束を元の場所に戻し、チェストから離れた。

ドレッサーの引き出しの中には、ヘア・ブラシや化粧品しか入っていなかった。クローゼットの扉を開け、吊り下がった衣類のポケットをことごとく検《しら》べてみた。しかし、住所録の類《たぐい》は見つからなかった。

最上は寝室を出て、ダイニング・キッチンに移った。

コンパクトなダイニング・テーブルの近くに、洒落《しゃれ》た食器棚があった。ざっと引き出しの中を覗いてみたが、食器、スプーン、フォーク、ナイフしか入っていなかった。

何気なくテレビ台の下を覗くと、アドレス・ブックが無造作に投げ込まれていた。

最上はアドレス・ブックを引っ張り出した。あずみの実家は、静岡県の浜松市《はままつ》にあった。

城島の自宅の住所と電話番号も載っていた。東西トラベルの社長は、世田谷区駒沢《こまざわ》二丁目に住んでいた。

最上は必要なことを手帳に書き写し、寝室とダイニング・キッチンの電灯を消した。玄関ホールの照明も落とし、そっと部屋を出る。

万能鍵でロックしたとき、エレベーター・ホールで男の声がした。

「あんた、そこで何をしてるんだっ」

「怪しい者じゃありません。この部屋に住んでる坂巻あずみの親類の者です」

最上はとっさに思いついた嘘を澱《よど》みなく喋《しゃべ》り、エレベーター・ホールに目を向けた。

そこには、二十七、八のレザー・ブルゾンを着た男が立っていた。細身で、背が高い。

「そうでしたか。合鍵で、あずみちゃんの部屋に入られたんですね？」

「ええ、そうです。あずみに用があったんで、少し部屋で待ってみたんだが、帰ってくる様子がないんで引き揚げるとこだったんですよ」

最上はそう言いながら、男に歩み寄った。

「あずみちゃん、まだ留守なのか」

「失礼だが、あなたは？」

「水橋勇《みずはしいさむ》といいます。あずみちゃんと同じ会社に勤めてるんです。彼女、ここ数日、無断欠勤してるんですよ。それで心配になって、様子を見に来たんです」

「あずみとは、どういったご関係なんです？」

「一方的に、ぼくが彼女に惚《ほ》れてるんです」

「あずみには、パトロンめいた男がいるようだね。あずみの母親に頼まれて、そのあたりのことを探りに来たんだが……」

「困ったな」

水橋と名乗った男が途方に暮れたような表情を見せた。

「あなたに迷惑はかけません。ご存じのことがあったら、ぜひ教えてください」

「わかりました。あずみちゃんは、東西トラベルという旅行会社の社長の世話を受けてるんです。城島一穂という名で、四十二歳です。実はぼく、あずみちゃんの男性関係が気になったんで、彼女のことを尾行したことがあるんですよ」

「それで、そのパトロンのことがわかったわけか」

「はい。あずみちゃんがパトロンに弄《もてあそ》ばれてるんじゃないかと思って、ぼく、城島のことも少し調査してみたんです」

「どんな男なんです？」

「城島は虚栄心が強くてロールス・ロイスなんか乗り回してるんですが、事業は傾きかけてるんです。それに、女遊びも盛んなんですよ。銀座や赤坂の高級クラブのホステスと海外旅行をしたり、泊まりがけでゴルフに出かけてるんです」

「あずみは、パトロンのそういう面を知ってるんだろうか」

最上は憂《うれ》い顔を作った。

「知ってます。余計なお節介だと思ったんですけど、ぼく、彼女に城島のことを教えてやったんです。あずみちゃんが不幸になることは目に見えてましたんでね」

「あずみは、どんな反応を示しました？」

「彼女は、ぼくの言葉を信じようとしませんでした。ジェラシーから、城島を中傷してると受け取ったようです」

「そう」

「あずみちゃんがぼくの愛を受け入れてくれなくても、それはそれで仕方のないことだと思ってます。でも、ぼくは彼女にまっとうな生き方をしてもらいたいんです。城島がいい加減な奴だってことに一日も早く気づいてほしいんですよ」

「あずみは、ばかな女だ。きみのような誠実な男性に深く愛されてるのに、それに気がつかないんだからね」

「彼女がどうとかってことよりも、城島が悪いんですよ。まだ二十代の娘をたらし込んだんですから」

水橋が腹立たしそうに言った。

「どっちもどっちだね。それはそうと、あずみはなぜ会社を無断で休んでるんだろうか。職場で上司か同僚と何かトラブルでもあったのかな？」

「いいえ、そういうことはなかったはずですよ。あずみちゃんは突然、独り旅に出たくなったのかもしれません」

「そうだとしたら、会社に電話ぐらいかけるでしょ？」

「ええ、まあ。何か犯罪に巻き込まれたんでしょうか？」

「その可能性は否定できないが、あずみは何か事情があって、自ら姿をくらましたんじゃないかな。わたしは、そんな気がするんです」

「そうだとしたら、どんな事情があったんだろう？」

「さあ、わたしには見当もつかないな。とにかく、今夜はいったん引き揚げます。水橋さんは、どうされます？」

「ぼくは少し部屋の前で待ってみます。もしかしたら、ひょっこり彼女が帰宅するかもしれませんからね」

「そうですか」

「もし彼女が戻ってきたら、あなたにご連絡しましょう。お名前と連絡先を教えていただけますか？」

「姓は、あずみと同じ坂巻です。せっかくのご親切ですが、また、このマンションを訪ねることにします。それでは、お先に！」

最上は目礼し、下降ボタンを押した。

水橋が丁寧に頭を下げ、三〇一号室に向かった。

最上は一階に降りると、ふたたび頭にフードを被った。雨にしぶかれながら、ボルボに駆け戻った。

すぐに車を発進させ、少し先の裏通りにボルボを駐めた。一服してから、最上は私立探偵の泊の携帯電話を鳴らした。

ややあって、相手の寝ぼけ声が耳に届いた。

「もう寝床に入ってたようだな」

「その声は、地検の旦那ですね？」

「そうだ。あんたに調査の仕事を回してやろう」

「それは、ありがたいですね。で、どんな調査なんです？」

「先にメモの準備をしてくれ」

最上は懐から手帳を取り出し、ルーム・ランプを灯《とも》した。

手帳には、坂巻あずみに痴漢に仕立てられて警察に突き出された男たちの氏名と連絡先が記してある。大賀法律事務所で入手した情報だ。

最上はメモを読み上げた。泊がメモを執り終えたと告げた。

「いま読み上げた二十三人の男は、いずれも痴漢扱いされて警察の厄介《やっかい》になってる。そのうちの十六人は翌日に釈放された。そして、十五人はそれぞれ職場に居づらくなって依願退職してしまった。最初に読み上げた十五人が依願退職者だよ」

「わかりました。それで、何を調べろとおっしゃるんです？」

「その十五人の再就職先、それから退職金の遣い途《みち》を大至急、調べてほしいんだ。謝礼は十万でどうだい？」

「結構です。旦那、もう少し詳しく話してもらえませんかね？　そうしてもらえれば、何か別の情報を提供できるかもしれないでしょ？」

「余計なことには関心を持たないほうがいい。執行猶予を取り消されてもいいなら、話は別だがね」

「旦那、脅かさないでくださいよ。わたし、子供のころから気が弱いんですから」

「よく言うぜ、小悪党が」

「えへへ」

「十万円稼ぎたかったら、すぐに調査に取りかかってくれ」

「明朝から調査をします」

「調査報告と引き換えに金は払ってやるよ」

最上は先に電話を切った。時刻は午後十一時過ぎだった。

（夜分に迷惑だろうが、勘弁してもらおう）

最上は手帳を見ながら、あずみの実家に電話をかけた。

コール・サインが十度近く鳴ってから、ようやく先方の受話器が外れた。電話口に出たのは、中年男だった。

「夜分に申し訳ありません。わたし、東京の明正商事の総務部長をやっている者です」

「これはこれは、娘のあずみが大変お世話になっています」

「お嬢さん、ご実家にいらっしゃいますか？」

「いいえ。あのう、どういうことなのでしょう？」

「実はこの数日、お嬢さんが無断欠勤してるんですよ」

「そうなんですか。まったく知りませんでした。娘が会社にご迷惑をおかけしまして、申し訳ございません」

「あまりお気になさらないでください。それよりも、娘さんの居所に心当たりはありませんか？」

「ありません。あっ、少しお待ちいただけますか？　いま家内を起こして、訊いてみますんで」

「お父さん、そこまでしていただかなくても結構ですよ」

「しかし……」

「いいんです。娘さん、急に小旅行をしたくなったのかもしれませんので、お母さんには内緒にしておいてください。どうもお騒がせしました」

最上は終了キーを押し、次に城島一穂の自宅に電話をした。

待つほどもなく四十年配の女が受話器を取った。城島の妻だろう。

「ご主人は、ご在宅でしょうか。わたし、東西トラベルさんのパンフレットを印刷させてもらっている業者です」

「城島は、一昨日《おととい》から出張で留守ですが……」

「出張先は、どちらでしょう？」

「東海地方から伊勢方面のホテルや旅館を回って、営業活動をすると申していましたが、宿泊先までは聞いてないんです。短期間の出張のときは、いつもそうなんです」

「そうですか」

「何か急を要するご用件なのでしょうか？」

「ええ、まあ。しかし、まだ少し時間の余裕があります。城島社長が東京に戻られるのを待つことにします」

最上は電話を切り、ルーム・ランプも消した。

あずみは城島と一緒に身を隠しているのではないか。最上は、そんな気がしてきた。

そうだとしたら、妻帯者の城島は数日中には自宅に何らかの連絡をとるのではなかろうか。

（よし、城島の自宅の電話保安器にヒューズ型の盗聴器を仕掛けよう。この雨なら、足音は掻き消されるはずだ）

最上はライトを点け、ステアリングを握った。

3

エレベーターが停止した。

一階だった。検察庁合同庁舎である。

最上はホールに降りた。

午後四時過ぎだった。城島の自宅に忍び込み、外壁に取り付けられた電話保安器の中にヒューズ型盗聴器をセットしたのは昨夜だ。

最上は庁舎内にある駐車場に足を向けた。

ボルボに近づいたとき、前方から区検の赤瀬川検事がやってきた。最上は赤瀬川の前に立ち塞《ふさ》がった。

「何なんですっ」

赤瀬川が切り口上で言った。

「清水邦光の葬儀には顔を出したんだろうな？」

「行ってませんよ。なんで弔問《ちょうもん》しなきゃならないんです？」

「清水邦光が新宿署の留置場で首を吊ったのは、区検が起訴することになったからだ。もっとはっきり言えば、おたくが彼を追い詰めたようなもんじゃないか」

「最上検事、それは言いがかりです。こちらは清水がクロだと確信したから、起訴することになったんです」

「どんな確証があったというんだっ。言ってみろ！」

最上は声を高めた。

「地検の方が口を挟むことじゃないでしょうが」

「おれは個人の立場で訊いてるんだ」

「あなたの質問に答える義務はありません。そうでしょ？」

「人ひとりが死んだんだぞ。それも、濡衣《ぬれぎぬ》を着せられたまま死んだんだ。よく平気でいられるな」

「われわれ検察官にセンチメンタリズムは禁物のはずです。法治国家なんですから、犯罪被疑者に妙な同情はすべきじゃありませんよ」

「清水邦光はシロだった可能性が高かったんだ」

「それは、あなたの見解でしょう？　清水をどう扱うかは、区検の判断です」

「それは、その通りだ。しかしな、おたくの気持ちの中には不純なものがあった」

「不純とは聞き捨てにできない言葉ですね」

「そっちは法廷で大賀弁護士と勝負をしてみたかった。それが起訴の大きな動機だったんじゃないのか？」

「そういう気持ちがなかったと言ったら、嘘になります。しかし、確証があったからこそ、起訴に踏み切る気になったんです」

「だから、その確証とやらを教えろって言ったんだっ」

「大声出して威嚇《いかく》するのは、親譲りなんですかね？」

赤瀬川が言って、口の端を歪《ゆが》めた。

「どういう意味なんだ？」

「あなたの祖父と父親は博徒だったそうですね。あなたの体の中にも、荒くれ者の血が脈々と受け継《つ》がれてるんじゃありませんか」

「ああ、多分な」

最上は言うなり、裏拳《うらけん》で赤瀬川の横っ面《つら》を叩いた。湿った毛布を棒で撲《う》ったような音が響いた。赤瀬川は呻いて、大きくよろけた。

「懐に匕首《あいくち》を呑《の》んでりゃ、そっちの腸《はらわた》を抉《えぐ》ってやったんだがな」

「大人が暴力を振るうなんて……」

「最低だって言いたいんだろうが、最低で結構だ。おれは、なにしろ渡世人の倅《せがれ》だからな。口惜《くや》しかったら、おれを傷害容疑で訴えろよ」

「そんな子供じみたことはしません。その代わり、あなたを軽蔑する」

赤瀬川は憎悪に燃える目で言い、小走りに走り去った。

(ガキっぽいことをやっちまったな)

最上は幾らか後悔しながら、自分の車に乗り込んだ。

私立探偵の泊から連絡があったのは、十分ほど前だった。最上は赤坂のシティ・ホテルのティー・ルームで、午後五時に泊と落ち合うことになっていた。

ボルボを走らせはじめた。

道路は渋滞気味だったが、それでも約束の時刻よりも早く西急《せいきゆう》ホテルに着いた。ボルボを地下駐車場に置き、一階ロビーに上がった。

ティー・ルームは、奥まった場所にある。フロントの脇を通過したとき、背後で聞き覚えのある声がした。

「最上さんでしょ？」

「はい」

最上は振り向いた。

笑顔で近づいてくるのは、毎朝新聞社会部の記者だった。麻生淳一《あそうじゆんいち》という名で、四十二歳である。三年前まで麻生は司法担当記者で、ちょくちょく東京地検に出入りしていた。

「検事、しばらくです」

「一年ぶりぐらいですかね？」

「そうですね。デスクをやらされてたんで、外に取材に出る機会があまりなかったんですよ。それでストレスが溜《た》まりに溜まっちゃったんで、五カ月前に遊軍班に回してもらったんです」

「そうだったんですか。きょうも取材ですか？」

最上は訊いた。

「ええ、まあ。通信傍受法に強く反対してる過激派グループが法務省と警察庁に時限式のロケット弾を撃ち込むという計画があるらしいんですよ。偽情報《ガセネタ》臭《くさ》いんですが、一応、動いてみる気になったんです」

「そうですか」

「検事は、通信傍受法について、どう思われてるんです？」

「個人的には、悪法だと思ってます」

「確かに問題点がありますよね。盗聴によって、国民のプライバシーが侵害されますからねえ」

麻生が顔をしかめた。ベテラン記者も、俗に盗聴法とも呼ばれている通信傍受法が強行採択されたことを苦々しく思っているらしい。

この新法の施行で、警察など捜査機関は電話や電子メールの傍受が認められるようになった。記録装置はノート型パソコンを使い、電話による通話内容やファックス内容を傍受する機能がある。

すでに一セット約三百九十万円の通信傍受装置が、全国の警察本部に計六十二セット配備済みだ。

傍受には、試《ため》し聴《ぎ》きに当たるスポット傍受、犯罪に関する通信を盗む令状傍受、令状に記載されていない他の犯罪に関する会話をチェックする他犯罪傍受、外国語や暗号などを盗聴する外国語等傍受の四種がある。

ファックス内容の傍受は、いったん音声としてテープに記録してから復元する。電子メールは接続業者《プロバイダー》にフロッピーディスクに取ってもらい、複製を使って復元する。

通信が始まると、記録装置は自動的にスポット傍受に入る。警察庁はスポット傍受の時間を明らかにしていないが、原則は一、二分間だ。傍受期間は最長で三十日である。

犯罪捜査で盗聴が必要な場合、捜査機関は裁判所から通信傍受令状を取らなければならない。傍受できるのは、薬物、銃器、集団密航、組織的な殺人のいずれかに限られる。

令状請求は、警視以上の職階の者しか行えない。令状が出ると、捜査員は電話会社など通信事業者の施設に出向き、事業会社の社員か消防署員など自治体関係者を立会人として傍受を開始する。

検察庁には、傍受装置は二台しかない。検察官が直接、盗聴に当たるケースは少ないからだ。もっぱら再生機器を使って、警察が送致してくる傍受記録を聴いている。この再生機器は、五十の地検にある。

「友人に送った電子メールが捜査関係者に読まれ、恋人と携帯電話で話してることも盗聴される可能性があるわけだから、多くの市民は落ち着かない気分になるんじゃありませんかね？」

　麻生が言った。

「そうですね」

「うっかり首相の悪口を言って、殺してやりたいなんて口走ったら、殺人予備罪と内乱予備罪に問われかねない」

「まさか警察もそこまではやらないでしょうが、国民が無防備な状態になることは間違いありません。個人情報が外部に漏《も》れる可能性もあります」

「考えてみれば、恐い話ですよね？」

「ええ」

「一般市民のプライバシーが侵害されるだけで、凶悪犯罪の防止にはならないんじゃないだろうか。現に盗聴捜査先進国のアメリカでは、少なくともテロ対策には役立ってません。盗聴捜査で捕《つか》まってるのは、末端の麻薬密売人とか窃盗グループばかりです」

「ええ、そうですね。大がかりな犯罪組織は暗号化した電子メールを使ってメンバーが連絡を取り合ったり、暗号チップ付きの電話を使ってます。麻薬取引の際にも、ふつうの電話なんか使用してない」

　最上は苦笑混じりに言った。

画像や音声に埋め込んだ暗号を使えば、警察は通信の内容を知ることはできない。そのため、アメリカ政府は暗号を規制する動きを見せている。

「アメリカの捜査当局は盗聴一件に約七百万円もかけてるというんだから、まさに税金の無駄遣《づか》いですよ。年間では総額で七百億円にものぼるというんですから、愚かなことです」

「同感ですね」

「この国はバブルのころから、間違いなく歯車が狂いっぱなしだな。最上さん、そうは思わない？」

「ええ、思います」

「コーヒーでも飲みながら、少し駄弁《だべ》りませんか？」

麻生が言った。

「そうしたいとこですが、五時に人と会う約束があるんですよ」

「そうだったのか。それは悪いことをしてしまったな。ごめんなさい」

「いいえ。そのうち一緒に酒を飲みましょう。それでは、また！」

最上は麻生に背を向け、ティー・ルームに足を踏み入れた。

泊はまだ来ていなかった。最上は隅の席に坐り、コーヒーを頼んだ。

猫背の私立探偵が店に駆け込んできたのは、コーヒーを半分ほど胃に流し込んだころだった。

「七分の遅刻だぜ」

「申し訳ない。青山通りで事故があって、車の流れが……」

「とにかく、坐ってくれ」

最上は顎《あご》をしゃくった。泊がうなずき、向かい合う位置に腰かけた。

ほとんど同時に、ウェイターが水を運んできた。泊は少し考えてから、ココアを注文した。

ウェイターがゆっくりと遠ざかっていった。

「早速だが、調査報告をしてもらおうか」

最上は促《うなが》し、セブンスターに火を点けた。

「旦那、面白いことがわかりましたよ。痴漢扱いされて会社を退職した十五人の管理職がですね、なんと同じ旅行会社に再就職してたんです」

「その会社というのは、渋谷の宇田川町にある東西トラベルだな？」

「よくご存じですね。そうか、旦那はわたしをテストしたんでしょ？」

「そういうわけじゃない。先をつづけてくれ」

「は、はい」

泊がコップの水を半分近く喉に流し込み、すぐに言葉を重ねた。

「その十五人は揃って役員として迎えられたんですが、どうも詐欺に引っかかってしまったようなんですよ」

「十五人の男たちは役員共済金という名目で、退職金の大半を出資させられたんだな？」

「ええ、その通りです。少ない人で二千二百万円、いちばん多く出資した者は五千万円も東西トラベルの銀行口座に振り込んでました。その人物は退職金に貯えをプラスして、常務のポストを手に入れたんです。しかし、それは肩書だけで、実際にはコピー取りばかりやらされてたという話でした。ほかの十四人も似たような扱い方をされたようです」

「十五人の早期退職者においしい話をちらつかせたのは、社長の城島一穂だったのか？」

「ええ、そうです。城島社長が直《じか》に十五人に接触して、役員として迎えたいと言ったというんですよ。しかし、十五人は役員の数が多すぎることに疑いを抱きはじめて、自分らが騙《だま》されたのではないかと思うようになったらしいんです。なにしろ東西トラベルの社員は四十人そこそこですからね。誰だって、怪しむでしょ？」

「だろうな。当然、十五人は城島に詰め寄ったんだろう？」

最上は長くなった煙草の灰を指先ではたき落とした。

「ええ、十五人が打ち揃ってね。そのとき、城島は近く三百人ほど社員を大量採用し、自社ビルも購入する予定になってると答えたらしいんです。それで、いったん騒ぎは収拾したというんです」

「しかし、城島の話は苦し紛《まぎ》れの嘘だったんだな？」

「そうです。十五人は東西トラベルの社員たちから、自分たちと似たような中高年の再就職者がほかに二十人ほどいたことを教えられて仰天《ぎょうてん》したというんです。三十五人から平均三千万円の役員共済金を集めたとしたら、それだけで十億五千万円になります」

「城島に退職金を騙し取られた人間は、おそらく三十五、六人ではないだろう」

「わたしも、そう思ってます」

泊が急に口を閉ざし、上体を反《そ》らせた。ウェイターがココアを運んできたからだ。

最上は煙草の火を灰皿の底に捻《ひね》りつけ、飲みかけのコーヒーを口に運んだ。泊は息を吹きかけながら、音をたててココアを啜《すす》った。カップを離すと、口許にココアの滓《かす》が付着していた。

「口の周《まわ》りを拭《ぬぐ》えよ。ココアで汚れてるぜ」

「そうですか。でも、ハンカチ持ってないんですよ、真冬は必要ないでしょ？」

「小便しても手を洗わないのか⁉」

「はい、たいてい。たまに洗うときは、スラックスで適当に拭いてます」

「汚《きたね》えな。あんた、所帯持たなかったの？」

「一応、三十二のときに結婚しました。けど、八つ年下の女房は新婚二年目にコンテナ・トラックの運転手といい仲になって、駆け落ちしちゃったんですよ。二カ月後に二人を名古屋で見つけ出して、女房と正式に別れました」

「それ以来、独り暮らしをしてるわけか」

「ええ、そうです。気楽でいいんですが、アイロン掛けが苦手でね」

「だから、冬はハンカチを持たないことにしてるんだ？」

「そうです」

「ハンカチぐらい持てよ」

最上は呆れてしまった。

「ええ、努力してみます」

「話が脱線しちまったな。十五人の再就職者たちは、いまも出社してるのか？」

「いいえ、誰も会社には行ってません。彼らは弁護士と相談して、年内にも城島社長を告訴するようです。そんな動きを察したらしく、城島も最近はめったにオフィスに顔を出してないようですね」

「そう」

会話が途切れた。

最上は札入れを摑み出し、一万円札を十枚引き抜いた。裸の札束を泊の前に置く。

「きょうの調査の礼だ」

「ありがとうございます。とても助かりますよ」

泊は札束を二つに折って、ツイード・ジャケットの内ポケットにしまい込んだ。

「おれが依頼人《クライアント》だってことを口外したら、あんたの三年の執行猶予は取り消されるぜ」

「わかってますよ。それより、わたしにもう少し働かせてくれませんか。旦那は、城島社長をちょいと揺さぶる気なんでしょ？」

「何か勘違いしてるな。おれは、城島の愛人に痴漢にされた男の無念な気持ちを晴らしてやりたいと思ってるだけだ。ここの支払いは頼むぜ」

最上は立ち上がって、先にティー・ルームを出た。地下駐車場に降り、ボルボに乗り込む。

すぐさま世田谷区の駒沢に向かった。

六時半前に城島の自宅に着いた。あたりは閑静な住宅街だ。

城島邸も敷地が広く、庭木も多かった。洋風住宅は大きい。

最上は城島の家の前を素通りし、七、八十メートル先の児童公園の脇にボルボを停めた。

路上に人影は見当たらない。

街路灯が淡く瞬《またた》いている。

最上は静かに車を降り、児童公園の植込みに近づいた。前夜、灌木《かんぼく》の陰に自動録音機付きの受信装置を隠しておいたのだ。

受信装置を城島邸から半径五百メートル以内に置いておけば、城島の自宅の電話内容はすべて自動的に録音される。

受話器が外れた瞬間から、百二十分のマイクロ・テープが回りはじめるわけだ。録音テープを聴きたいときは、受信装置を回収すればいい。

最上は腕を伸ばして、放置してあった機器を拾い上げた。ボルボの中に戻り、マイクロ・テープを再生してみる。

城島の妻と娘が知人や友人と語り合っている声が録音されているだけだった。最上は音声を消去し、受信装置を膝の上に載せた。

マイクロ・テープが回転しはじめたのは、午後七時を回ったころだった。スピーカーから、中年男女の遣《や》り取りが洩《も》れてきた。

——城島でございます。

——おれだよ、ママ。

——あら、パパね。いま、どこにいるんです？

——伊豆の下田《しもだ》にいるんだ。ママ、駒沢の家におかしな連中が訪ねてこなかったか？

——おかしな連中って？

——会社の新しい役員たちとか、捜査関係の人間のことだよ。

——そういう人たちは誰も来なかったわ。

——そうか。

——パパ、会社で何かあったの？

——新役員たちが出資金のことで何か勘違いしてるだけだよ。心配することはない。

——でも、警察にマークされてるんじゃないの？

——いや、そういうことじゃないんだ。もしかしたら、刑事が何か訊きに来るかもしれないと思っただけさ。

――ほんとなのね、パパ？

――もちろんさ。

――今夜の宿泊先はどこなの。一応、教えておいて。

――用があったら、携帯に連絡してくれよ。

――電源を切ってることが多いじゃないの。チェック・イン先を言いたくない理由《わけ》でもあるんですか？

――ママ、何を疑ってるんだい？　わたしは営業活動に出てるんだぞ。

――でも、いろいろ前科があるでしょうが。ホステスさんと海外旅行したこともあるし、それから……。

――わかった、わかった。今夜は下田エクセレント・ホテルに泊まることになったんだ。部屋番号は一三〇五号室だよ。

――いまメモするわ。それでパパ、いつ東京に戻るの？

――あと二、三日は戻れそうもないな。明日は渥美《あつみ》半島のお得意さんのとこを回るつもりなんだ。

――わかりました。明日のチェック・イン先が決まったら、すぐに教えてね。

――ああ、そうしよう。お寝《やす》み！

音声が熄《や》み、マイクロ・テープが停止した。

おそらく城島は坂巻あずみと行動を共にしているのだろう。下田エクセレント・ホテルには、一度泊まったことがある。

(伊豆に行ってみよう)

最上は受信装置をグローブ・ボックスに突っ込み、シート・ベルトを掛けた。

4

東伊豆道路は空《す》いていた。

最上は、さらにアクセルを踏み込んだ。

あと数キロで、下田市に入る。下田市は東京から百八十キロあまり離れているが、駒沢を出てから二時間十分しか経っていない。

目的のホテルは、下田港を見下ろす高台にそびえている。柿崎《かきざき》の外れにあった。

やがて、ボルボは柿崎に達した。

爪木崎《つまきざき》に通じている道路を一キロほど進むと、右手に下田エクセレント・ホテルが見えてきた。

最上はボルボをホテルの専用駐車場に入れ、トランク・ルームから紙袋を摑み出した。中身は小型ビデオ・カメラだった。

紙袋を小脇に抱えて、ホテルの表玄関に急いだ。フロントマンがひとりいるだけで、ロビーに人の姿はなかった。

最上は、フロントの右手にあるエレベーター乗り場に向かった。エレベーターは三基あった。十三階まで上がる。エレベーター・ホールに防犯ビデオ・カメラが設置されているが、警備のホテルマンはいなかった。

一三〇五号室に近づく。カード・ロック式の錠ではなかった。

最上はほくそ笑《え》み、ドアに耳を押し当てた。

浴室から湯の弾ける音が小さく響いてくる。男女の話し声も、かすかに聞こえた。

(城島と坂巻あずみは浴室で戯《たわむ》れてるようだな。好都合だ)

最上はあたりをうかがった。

誰もいない。素早く万能鍵で解錠し、部屋に忍び入った。二間続きの部屋《スイート・ルーム》だった。

手前にリビング・ダイニングがあり、奥に豪華な寝室があった。ダイニング・テーブルには、ルーム・サービスで取った伊勢海老のクリーム煮や鮑《あわび》ステーキの食べ残しが載っていた。

最上は紙袋をテーブルの上に置き、ナイフとフォークを一本ずつ掴み上げた。足音を殺しながら、浴室に忍び寄った。

ドア越しに、男の低い呻き声が洩れてくる。

最上は勢いよくドアを開けた。

洗い場に城島が突っ立っていた。その足許には坂巻あずみがひざまずき、反り返ったペニスを舐《な》め回していた。あずみは、まだ侵入者に気づかない。

「だ、誰なんだ⁉」

城島の声は裏返っていた。あずみが目を開け、驚きの声をあげた。

「あっ、あなたは……」

「捜したぜ」

「な、何しに来たのよっ」

「すぐにわかるさ。二人とも浴室から出るんだ、素っ裸のままでな。逆《さか》らったら、フォークを素肌に突き立てるぞ」

最上は威《おど》した。

城島とあずみが顔を見合わせた。最上は、目に凄《すご》みを溜めた。

裸の二人は観念し、濡れた体で浴室から出てきた。最上はナイフとフォークを突きつけながら、二人を寝室に連れ込んだ。

城島とあずみはベッドに並んで腰かけた。

最上は二人の前に立ち、城島に顔を向けた。

「東西トラベルの社長の城島一穂だなっ」

「そうだが、おまえは何者なんだ？」

「自己紹介は省《はぶ》かせてもらう。あんたは愛人のあずみに命じて、一流企業の管理職たちを二十何人も痴漢に仕立てたなっ」

「何を言い出すんだっ。わたしがそんなことさせるわけないじゃないか」

「それじゃ、あずみが勝手に遊び友達の末次真季子や神尾葉子を偽の証人にして、男たちを痴漢にしたというのかっ」

「あずみだって、そんなことはしてないさ」

「ふざけるな。おれは、あんたの愛人が東都百貨店の部長に痴漢の濡衣を着せようとした現場を見てるんだ」

「…………」

城島が救いを求めるような眼差《まなざ》しを愛人に向けた。

「わたし、いやらしいことをされたのよ。だから、地下鉄電車の中で騒ぎ立てたの」

「そうだったとしたら、もっと堂々としてられたはずだ。しかし、きみは真季子や葉子と慌《あわ》てて逃げた。疚《やま》しさがあったからだろう」

「そうじゃないわ。面倒なことになると思ったから、あの場から去ろうと思ったのよ」

「往生際が悪いな。おれは茗荷谷駅のホームで取り押さえた真季子から何もかも聞いてるんだ。それから、後楽園近くの『エルパソ』に行って、葉子にも会ってる。真季子たち二人はきみに頼まれて、一回三万円の謝礼で偽証したことを認めてるんだっ」

「二人はでたらめを言ってるのよ」

「したたかな女だな」

最上は横に動き、あずみの豊満な乳房にフォークを強く押しつけた。左の乳房だった。

あずみが整った顔を引き攣《つ》らせた。

「女に乱暴するなんて、最低の男だな」

城島が侮蔑《ぶべつ》するような口調で言った。

最上は無言で城島の側頭部に強烈な肘《ひじ》打ちを見舞った。城島が短く呻いて、ベッドから転げ落ちた。

「おっぱいが穴だらけになってもいいのかっ」

最上はフォークを握った右手に力を込めた。

「やめて！　フォークを離して」

「正直になれば、手荒なことはしない」

「そうよ、あなたが言った通り。わたし、彼に頼まれて、一流会社の部長クラスの男たちを痴漢に仕立てたの。狙う相手に関するデータと顔写真は彼が……」

あずみが諦《あきら》め顔で言い、城島に視線を向けた。床に横たわったままの城島が小さく舌打ちした。

「きみはベッドに俯《うつぶ》せになっててくれ」

最上は、あずみに声をかけた。

あずみは命令に従った。形のいいヒップがなまめかしい。

最上は城島の脇腹と腰に蹴りを入れた。

城島が転げ回った。最上は屈《かが》み込んで、城島の首の後ろにフォークを垂直に立てた。ナイフは喉元に当てた。

「愛人が白状したんだ。粘《ねば》っても意味ないぜ」

「あずみが言ってることは、すべて嘘だ」

城島が極《き》めつけた。坂巻あずみがパトロンに文句を言った。だが、城島はいっこうに意に介さない。

「時間稼ぎはさせないぜ」

最上はフォークをいったん浮かせ、城島の首に突き刺した。

城島が獣じみた声を発した。フォークの先から血の粒《つぶ》が噴《ふ》き上げ、股のところで弾けた。

「次は喉を掻《か》っ切るぞ」

最上は威《おど》したが、実際にそこまでやる気はなかった。

城島は唸り声をあげるだけで何も喋ろうとしない。最上はフォークを引き抜き、足で城島を仰向けにさせた。すぐに頬を強く挟んで、顎の関節を外した。

城島が体を左右に振って、痛みを目顔《めがお》で訴えた。唸り声をあげるたびに、口から涎《よだれ》が垂れた。

「あんたに最大の屈辱感を与えてやろう」

最上は城島に言って、あずみを仰向けにさせた。

くびれたウエストがセクシーだ。飾り毛は逆三角形に繁っている。むっちりした腿《もも》は長い。

「わ、わたしをレイプする気なの!?」

あずみが怯《おび》えた表情で言い、胸と股間を手で覆《おお》い隠した。

「女を犯すようなことはしない。きみの性感帯の感度を確かめさせてもらうだけだ」

「彼がそばにいるのよ」

「それだから、意味があるのさ」

最上はベッドに斜めに腰かけ、あずみの首筋に寝かせたナイフを寄り添わせた。

ベッドの下で、城島が何か叫ぼうとした。しかし、それは言葉にならなかった。

最上は片方の目を眇《すが》め、あずみの両腕を外した。あずみは何か言いたげだったが、軽く瞼を閉じた。

最上は、あずみの柔肌に指を滑らせはじめた。フェザー・タッチを心がけた。

体の線を幾度かなぞると、あずみが小さく息を弾ませはじめた。

最上は頃合いを計って、二つの乳房に手を伸ばした。交互に優しくまさぐると、たちまち乳首が痼《しこ》った。

最上は指の間に乳首を挟みつけ、微妙な刺激を加えつづけた。

いくらも経たないうちに、あずみは喘《あえ》ぎはじめた。口は半開きだった。

「お願い、もうやめて。わたし、感じてきちゃった」

「どうせなら、パトロンにエクスタシーの声を聞かせてやれよ」

「そんなことしたら、お払い箱になっちゃうわ」

「そうなったら、別のパトロンを見つければいい。きみほどの美人なら、すぐに新しいパトロンがつくさ」

「でも、困るわ」

あずみはそう言いながらも、最上の手を払いのけようとはしなかった。

城島が肘を使って上体を起こそうとした。

しかし、立ち上がれなかった。城島は憎々しげに最上を睨み、ふたたび床に転がった。

最上はナイフをフラット・シーツの上に置き、右手をあずみの秘めやかな場所に進めた。もう一方の手で、乳房を代わる代わる愛撫する。

最上は湿った和毛《にげ》を五指で梳《す》き、敏感な突起に触れた。

ほとんど同時に、あずみは淫蕩《いんとう》な声をあげた。いかにも切なげな声だった。

肉の芽は包皮から零《こぼ》れ、こりこりに痼《しこ》っていた。最上は、ひとしきり芯《しん》の塊《かたまり》を圧《お》し転がした。

それは、真珠のような形状だった。感触はシリコン・ゴムに似ていた。

あずみの呻き声が高くなった。

最上は、小さく綻《ほころ》んでいる合わせ目を下から大きく捌《さば》いた。次の瞬間、熱い潤《うる》みがどっとあふれた。夥《おびただ》しい量だった。

最上は指先で蜜液を掬《すく》い取り、はざま全体に塗り拡《ひろ》げた。小さなピラミッドには、たっぷり塗りつけた。

最上はフィンガー・テクニックで、あずみの官能を煽《あお》りに煽った。

一分もしないうちに、彼女は最初の極《きわ》みに駆け昇りそうになった。

その直前で、最上は愛撫の手を止めた。同じことを三度繰り返すと、あずみが焦《じ》れた声を張り上げた。

「こんなの残酷だわ。早くいかせて」

「そんなにクライマックスに達したけりゃ、パトロンの体を借りるんだな」

「そ、そんな……」

「おれに遠慮することはない。早く昇りつめたいんだろ？」

「ええ、それはね。いいの？」

「ああ、構わないさ」

最上はブランケットで濡れた指先を拭《ぬぐ》い、ベッドから立ち上がった。

あずみがベッドから滑り降り、城島の股の間にうずくまった。すぐに彼女は萎《な》えたペニスの根元を強く握り込んだ。

城島が驚いた表情になり、首を横に振った。

あずみはパトロンの意思を無視して、唇を亀頭に被せた。舌の先で鈴口を突つき、じきに深くくわえ込んだ。

最上はリビング・ダイニングに移り、小型ビデオ・カメラを紙袋から抜き出した。寝室に戻ると、ちょうど坂巻あずみが城島の上に跨《また》がったところだった。

彼女はペニスを摑んで、自分の体内に導いた。城島が腰を振って、結合を外そうとした。だが、徒労だった。

あずみが騎乗位で裸身を弾ませはじめた。

乳房がゆさゆさと揺れ、淫猥《いんわい》な湿った音が寝室に響きはじめた。最上はビデオ・カメラのレンズを二人に向けた。

アングルを変えながら、情交の一部始終を撮影しつづけた。

あずみが片手で自分の乳房を揉み立てながら、もう一方の手を肉の芽に伸ばした。そのまま、腰を大きく旋回させはじめた。

城島が掌《てのひら》でカーペットを叩きながら、愛人に何か訴えた。だが、意味不明な言葉が切れ切れに聞こえたきりだった。

いつの間にか、あずみは上下に腰を動かしていた。まるでロデオに興じているように映った。

「あふっ、もうすぐ……」

あずみは上擦《うわず》った声をあげ、そのまま沸点《ふってん》に達した。口からジャズのスキャットに似た唸り声が迸《ほとばし》った。あずみは幾度も背を丸めながら、悦楽の声を撒《ま》き散らした。

(もういいだろう)

最上は撮影を切り上げ、ビデオ・カメラをベッドの上に置いた。

ちょうどそのとき、あずみが城島から離れた。

「ファック・シーンをビデオに撮《と》らせてもらったぜ」

最上は、あずみに言った。

「ええっ。なんでビデオ撮影なんかしたのよ?」

「城島が素直に質問に答えなかったからさ。これで、あんたたち二人はおれに逆らえなくなった。命令に背《そむ》いたら、撮影したものは裏ビデオ屋に流すことになるぜ」

「そんなこと、絶対にやめて」

「こっちの言う通りにすれば、ビデオは悪用しない。きみはベッドの中に入っててくれ」

「わかったわ」

あずみがベッドに横たわり、毛布で裸身を隠した。

最上は城島の下腹部を見た。

ペニスは硬度を保《たも》ったままだ。どうやら射精はしなかったらしい。

最上は城島の顎の関節を元通りにしてから、血糊の付着したフォークを握った。

「おれがビデオ・カメラを使ったことはわかってるな」

「ああ。ビデオ・テープを買ってくれってわけか」

「ビデオ・テープを売る気はない。おれにとっては、一種の保険だからな」

「保険？」

「そうだ。さっきの淫らなビデオ・テープをおれが持ってる限り、あんたは警察には駆け込めない」

「悪知恵の発達した奴だ」

城島が忌々《いまいま》しげに言った。

「あんたのほうがよっぽど悪党だろうが！」

「わたしは悪いことなど何もしてない」

「まだお仕置きが足りないようだな」

最上は言いざま、城島の右腕にフォークを突き刺した。二の腕のあたりだった。

城島が歯を剝《む》いて、長く唸った。

最上はフォークを突き立てたまま、左右に抉《こじ》った。

城島が凄まじい声を放った。最上はフォークを荒っぽく引き抜いた。先端から血の雫《しずく》が滴《したた》り落ちた。

城島は傷口を手で押さえながら、のたうち回りはじめた。

「シラを切りつづけるつもりなら、全身にフォークを突き立て、とどめは眼球だ」

「もう勘弁してくれ。あんたが言った通り、わたしがあずみに二十何人かの管理職たちを痴漢に仕立てろと命じたんだ」

「博通堂の清水邦光が留置場で首吊り自殺したことは知ってるなっ」

「新聞で読んだよ。まさか痴漢の濡衣を着せられたぐらいで自殺する男が出てくるとは夢にも思わなかったね」

「他人事《ひとごと》のように言うんじゃない。あんたが清水邦光を死に追いやったようなものだろうが！」

最上は義憤に駆られ、城島の腹部にフォークを突き立てた。城島が女のような悲鳴を放った。

「ね、もう乱暴なことはしないで」

ベッドの中で、あずみが哀願した。

最上は黙って、あずみを睨みつけた。あずみが目を逸《そ》らし、毛布を頭から引っ被った。

「フォークを、フォークを早く抜いてくれーっ」

城島が涙声で喚《わめ》いた。

最上はフォークを引き抜き、すぐに問いかけた。

「罠に嵌めた男たちには、何か個人的な恨みがあったのか？」

「そんなものない。わたしは『会社四季報』や各業界紙なんかを読んで、適当に痴漢に仕立てる男たちを選び出したんだ」

「罠に嵌めた男たちのうち、十五人は依願退職した。あんたは彼らに接近し、役員共済金という名目で、十五人の退職金を騙し取った。そうだなっ」

「結果的には、そういうことになるのかもしれないな」

「何が結果的には、だっ。最初っから、金を騙し取るつもりだったんだろうが！」

「…………」

城島は返事をしなかった。肯定の沈黙だろう。

「あんたは十五人の退職金を詐取《さしゅ》する前に、彼らの勤務先にも脅しをかけたんじゃないのか？」

「そんなことはしてない」

「空とぼけるんじゃない。おれは、あんたが企業恐喝を働いた証拠も押さえてるんだっ」

最上は、はったりを口にした。城島が明らかに狼狽した。

「証拠を一つ一つ挙げてやろうか」

「いいよ、わたしの負けだ。確かに十五人が依願退職する前に、十五社から口留め料をせしめたよ。併《あわ》せて五億にしかならなかったがね」

「騙し取った十五人の退職金の総額は？」

「約十億だよ。十五人の企業から脅し取った五億をプラスして、およそ十五億円だね」

「その十五億は、どこに隠してあるんだ？」

最上は畳みかけた。

「そっくり借金の返済に充《あ》てたから、もう一銭も遺《のこ》っちゃいないよ」

「もう少し気の利いた言い逃れを考えろ！」

「嘘じゃない、事実なんだ。ワールド・ツーリストという中堅の旅行会社から、わたしの会社は二十数億を借りてたんだ」

「その会社は、どこにあるんだ？」

「本社は神田淡路町《あわじちょう》にある」

「代表取締役社長の名は？」

「秋吉満《あきよしみつる》だ。ことし五十一になったはずだ。秋吉さんの会社も七年連続赤字で大変らしくて、借りた金を早く返してくれと夏ごろに催促してきたんだよ。それで金策に駆けずり回ったんだが、うまくいかなかったんだ」

城島が情けなさそうに言った。

「そこで、あんたは一流企業の管理職たちを次々に痴漢に仕立てて、職場に居づらくさせた。そして、各企業から口留め料を脅し取った上に、依願退職した十五人の退職金を騙し取る計画を練ったわけだな」

「計画を練ったのは、わたしじゃないんだ。わたしに悪知恵を授《さず》けたのは……」

「口ごもらずに、最後まで喋るんだっ」

「わかったよ。一連のシナリオを書いたのは、ワールド・ツーリストの秋吉社長なんだ。苦し紛れの嘘と思われるかもしれないが、ほんとうの話だよ。どうか信じてくれ」

「そこまで言うんだったら、秋吉という男に直《じか》に訊いてみよう」

「ぜひ、そうしてくれ。わたしが約十五億を現金と小切手で秋吉社長に渡したことは事実なんだ。秋吉社長がそれをあっさり認めるかどうかわからないが、わたしの話は絶対に嘘じゃない」

「あんたが嘘ついてたら、さっき撮ったテープは裏ビデオ屋に売るからな」

最上は血まみれのフォークを遠くに投げ捨て、小型ビデオ・カメラを持ち上げた。隣室でビデオ・カメラを紙袋に収め、大股で一三〇五号室を出た。

第三章　謎だらけの多重恐喝

1

タクシーが停まった。

神田淡路町の交差点の近くだ。降り立ったのは、露木玲奈だった。

午後四時近かった。

最上はボルボから降り、玲奈に歩み寄った。

「忙しいのに済まない」

「いいのよ、気にしないで。それより、きのうの晩、城島という男が言ってたという話は事実なのかしら？」

「それをワールド・ツーリストの秋吉社長に会って確かめてみたいんだよ」

「そうだったわね。念のため、段取りの確認をしておきたいんだけど、わたしたち二人は正式な身分を秋吉に明かすのね？」

「ああ、そうだ。きみは東京国税局査察部の査察官であることを告げ、秋吉が城島から約十五億円を返済してもらったかどうか確認してくれ」

「わかったわ」

「おれは東京地検の人間であることを正直に話して、秋吉から事情聴取する」

「オーケー」

「それじゃ、行こうか」

「ええ」

玲奈が大きくうなずいた。

二人は横断歩道を渡り、反対側の歩道に回った。ワールド・ツーリストの本社ビルは、少し先にある。細長い六階建ての灰色のビルだった。

最上と玲奈はワールド・ツーリストの本社ビルに入り、受付に歩を進めた。

二人は身分を明かし、来意を告げた。笑顔の美しい受付嬢が、すぐに社内電話の受話器を取った。

最上たちは、いくらも待たされなかった。受付嬢が受話器を置き、にこやかに言った。

「お目にかかると申しております。最上階の社長室まで、ご案内いたします」

「いや、結構です。勝手にお訪ねしますよ」

最上は腰を浮かせかけた受付嬢を手で制し、かたわらの玲奈を目で促した。

エレベーター乗り場は近くにあった。

二人は六階に上がった。ホールに面して会議室があり、その右隣が社長室になっていた。

玲奈がノックをした。

ドア越しに、中年男性の声で応答があった。

「どうぞお入りください」

「失礼します」

最上はドアを開け、先に社長室に入った。玲奈も入室した。

社長室は二十畳ほどの広さだった。左側に応接ソファ・セットが置かれ、右側に両袖机《りょうそでづくえ》やウォール・キャビネットが並んでいる。

「社長の秋吉です」

何か書類に目を通していた五十年配の男が名乗って、椅子から立ち上がった。下脹《しもぶく》れの顔で、脂《あぶら》ぎった印象を与える。

最上たち二人はそれぞれ身分証を見せ、自己紹介した。

「あちらで、お話をうかがいましょう」

秋吉がソファ・セットに歩み寄り、窓側の椅子に坐った。

最上は玲奈と並んで腰かけた。秋吉とはコーヒー・テーブルを挟んで向き合う恰好《かっこう》になった。

「コーヒーがよろしいのかな？　それとも、日本茶のほうがいいんだろうか」

「どうかお気遣いなく。すぐに引き揚げるつもりですので」

最上は言った。

「そうですか。それでは無愛想ですが、そうさせてもらいます。東西トラベルの城島一穂社長のことで何かお訊きになりたいとか？」

「ええ。まず最初に確認しておきたいのですが、ワールド・ツーリストさんは東西トラベルに二十数億のお金を貸した事実はあるのでしょうか？」

「城島君に泣きつかれて、去年の秋に二十二億ほど回してやりました。銀行から運転資金を引っ張り出せないと言うんでね」

「それだけの大金を用立てられたということは、東西トラベルの社長とはだいぶ親しくされてたわけですね？」

「ええ。同じ業界の人間ですし、トローリングという共通の趣味もありまして、城島君とは仲がいいんですよ」

「そうですか。それで、あなたがお貸しになった二十二億円の返済についてですが……」

「この夏に十五億円ほど返してもらいました。ですから、城島君の負債は七億円ほどになりました。わが社も経営状態はよくありませんが、残りの七億については少し猶予を差し上げるつもりなんです。そうでもしなければ、城島君の会社は潰《つぶ》れてしまうでしょうからね」

「潰れる？」

「ええ、そうです」

「なぜなんです？」

「日本航空と日本エアシステム《JAS》が国内線航空券をパソコンやｉモード携帯電話を使ってインターネット予約すると、十数パーセントから二十五パーセント前後を割り引くサービスを開始したんですよ」

秋吉が答えた。

「そのことは、新聞の特集記事で読んだ記憶があります」

「そうですか。ご存じかもしれませんが、国内航空券の八割強が旅行会社を通じて販売されてるんです。われわれ業者は、運賃の五パーセントを手数料として貰ってるわけです」

「ネットで生産者と消費者がダイレクトに売買するようになったら、旅行会社の手数料収入が大幅に落ち込むことになる？」

「そうです、そうです。航空会社だけではなく、全国三千以上のホテルや旅館がネット予約の場合、最大で六十一パーセントも値引きしてるんです」

「この不況ですから、どのホテルも部屋の稼働率《かどうりつ》を上げたいんでしょうね」

「その焦《あせ》りはよくわかりますよ。しかし、われわれ旅行会社は長年、航空会社やホテル業界とは協力し合ってきたんです。仲介を排そうとするのは、一種の裏切りですよ。そんなわけで、これからは弱小の旅行会社はバタバタと倒産するでしょうね。わたしの会社だって、数年後には消えてるかもしれない」

「城島社長が返済された約十五億円はきちんと帳簿に記載されてますね？」

玲奈が口を挟んだ。

「もちろん、ちゃんと記載してあります」

「あとで、その帳簿を見せてもらえます？」

「いいですよ。あとで、経理部長をここに呼びましょう」

「お願いします」

「わかりました」

秋吉がパイプ煙草に火を点けた。葉はカプスタンだろう。少し癖のある香りだった。

「さて、本題に入らせてもらいます。実はですね、城島氏があなたに返済した約十五億の金はきれいなものじゃないんですよ」

最上は秋吉に言った。

「犯罪絡《がら》みの金だったとおっしゃるわけですね？」

「ええ、その通りです」

「城島君は、どんな危《ヤバ》いことをしたんです？」

秋吉が訊いた。

最上は、城島が一流企業の管理職たち二十数人を罠に嵌め、企業恐喝と退職金詐欺を働いたことを語った。

「嘘でしょ!?」

「昨夜、城島一穂は罪をはっきりと認めました」

「信じられない話です」

「さらに秋吉さんを驚かせる話をしなければなりません」

「どんなことなんです?」

「城島はあなたから悪知恵を授かって、企業恐喝と退職金を詐取したと供述してるんですよ」

「なんてことを言うんだ。わたしは彼を唆《そそのか》した覚えはない」

「ということは、城島が少しでも罪を軽くしたいという気持ちから、あなたが共犯者であると嘘をついたと?」

「そうなんでしょう。そうとしか考えられませんね。城島の奴、なんだってわたしを陥《おとしい》れようとしたんだっ」

秋吉が大理石の卓上を拳《こぶし》で打ち据えた。憮然《ぶぜん》とした顔つきだった。

「城島をもう一度、調べ直してみましょう」

「ぜひ、お願いします」

「秋吉さん、さきほど話題にした帳簿を見せていただけますか?」

最上は頼んだ。

秋吉がソファから立ち上がり、社長席に歩み寄った。立ったまま、内線電話をかけた。

遣《や》り取りは短かった。受話器を置くと、秋吉が最上に困惑顔を向けてきた。

「秋吉さん、何か不都合なことでも？」

「え、ええ。東西トラベルからの返済に関する帳簿を経理の若い社員が勘違いして、数日前にシュレッダーにかけてしまったというんですよ」

「城島は現金と小切手で約十五億円分を返済したと言ってましたが……」

「ええ、その通りです。現金と小切手を受け取ったのは、赤坂の料亭でした。わたしは経理部長を料亭に呼びつけ、翌日中に現金と小切手を取引銀行の三友銀行の口座に入金しておけと命じておいたんですがね」

「それなら、三友銀行の通帳か振込伝票を見せていただけます？」

玲奈が言った。

「いまは、お見せできません。どうしてもご覧になりたいとおっしゃるのでしたら、強制調査の令状をとって出直してください」

「秋吉社長、いったい何を警戒されてるんです？」

「警戒してるですって!?」

「ええ、そんなふうに映りますよ」

「きみ、失敬なことを言うなっ」

「何か後ろめたい気持ちがあるから、取引銀行の通帳を見せたがらないと受け取られても仕方ないんじゃありません？」

「不愉快だ。もう帰ってくれ」

秋吉が怒りを露《あらわ》にした。玲奈が何か言い返しそうになった。

最上は玲奈の言葉を遮《さえぎ》って、先に腰を上げた。釣られて玲奈も立ち上がった。

「あなたとは、またお目にかかることになるかもしれません」

最上は秋吉に穏《おだ》やかに言った。

「城島が何を言ったか知らないが、わたしは検事に追い回されるようなことはしてないぞ」

「そうですかね」

「その疑わしげな言い方は何なんだっ」

「あまり興奮されると、頭の血管が切れますよ」

「余計なお世話だ。とっとと帰れ！」

秋吉が野良犬を追っ払うような仕種《しぐさ》をした。

（このくらいにしておこう）

最上は玲奈とともに社長室を出た。

エレベーターに乗り込むと、玲奈が口を開いた。

「あの秋吉って男、どこか胡散臭《うさんくさ》い感じね」

「おれも、そう感じた」

「正式に査察の手続きをとってもいいわよ」

「その必要はない。今夜にでも、あの社長を直《じか》に揺さぶってみる」

「秋吉の私生活の弱みを押さえるつもりね？」

「うん、まあ」

最上は話を合わせて、口を結んだ。

そのすぐあと、エレベーターが一階に着いた。ワールド・ツーリストの本社ビルを出て、二人はボルボに乗り込んだ。

最上は玲奈を大手町の職場に送り届けると、ワールド・ツーリスト本社ビルに引き返した。本社ビルの斜め前にボルボを停め、根津の実家に電話をかけた。

受話器を取ったのは、代貸の亀岡だった。

「おれだよ、亀さん」

「若でしたか」

「これから、旅行会社の社長を拉致《らち》してもらいたいんだ。相手は堅気だから、何人もの組員が動く必要はないな」

「でしたら、あっしと一番若い健《けん》が動きまさあ」

「そうだな、そうしてくれないか」

最上は言った。

二十九歳の健は、部屋住みの組員である。博奕よりも料理のほうがうまい。三十代の組員はわずか数人で、二十代は健ひとりしかいなかった。そんなことで、彼は組のみんなからかわいがられていた。

「若、相手はどんな野郎なんです？」

亀岡が問いかけてきた。

最上は秋吉の年恰好《としかっこう》や容貌を教え、すぐにワールド・ツーリスト本社ビルの前に車で来るよう命じた。

「わかりやした」

「いま、おれは本社ビルの斜め前あたりに車を停めてあるんだ。亀さんたちが淡路町に来たら、おれはひとまず職場に戻る」

「承知しやした。で、秋吉って社長をどこに監禁すればいいんです？　根津の納戸にぶち込んでおきやしょうか？」

「いや、監禁する必要はない。どこか人気《ひとけ》のない場所に秋吉を連れ込んだら、おれの携帯に電話をしてほしいんだ」

「わかりやした。できるだけ早くそっちに行きまさあ」

亀岡の声が途絶《とだ》えた。

最上はポケットフォンを懐に戻し、紫煙をくゆらせはじめた。

ボルボの前に銀灰色のワンボックス・カーが停まったのは、二十数分後だった。

助手席には、亀岡が坐っていた。ハンドルを握っているのは、チョコレート色のレザー・ブルゾンを羽織《はお》った健だった。

最上は短くクラクションを鳴らし、ボルボを発進させた。いつしか陽《ひ》は完全に沈んでいた。

検察庁合同庁舎に戻ると、何喰《く》わぬ顔をして三階の刑事部に入った。

同僚検事があらかた顔を揃えていたが、最上に声をかけてくる者はいなかった。馬場部長の姿は見当たらない。

最上は自席につき、告発状に目を通す振りをしはじめた。

それから間もなく、検察事務官の菅沼が部屋に入ってきた。彼は近づいてくると、来客だと低く告げた。

最上は席を立って、刑事部を出た。

すると、廊下に清水郁美と大賀弁護士が立っていた。郁美が先に口を切った。

「僚さん、先夜はわざわざお店まで来ていただいて、申し訳ありませんでした」

「いいえ、こちらこそお役に立てなくて申し訳なく思ってます。それはそうと、お揃いでどうされたんです？」

「とても身勝手なお願いなのですが、義理の叔母が事を荒立てたくないと言うものですので

「もう手を引いてくれというわけですね？」

「……」

「は、はい」

「わかりました。いいですよ」

最上は、あっさり応じた。むろん、黙って手を引く気はなかった。相手を安心させるための芝居だった。

「あなたを焚きつけるようなことを言ってしまったが、ひとつご勘弁願います」

大賀がきまり悪げに言い、深々と頭を下げた。

「別に気にしてませんよ」

「個人的な捜査は、だいぶ進まれてたんでしょ？」

「それがあまり捗《はかど》ってなかったんです。中途半端は中途半端ですが、わたしも明日からは公務に専念します」

最上は郁美と大賀を等分に見ながら、ことさら屈託《くったく》なげに言った。

二人はもう一度頭を下げ、そのまま辞去した。すると、刑事部から菅沼が姿を見せた。

「大賀弁護士と一緒の女性、色気たっぷりですね。誰なんです？」

「死んだ親父の最後の彼女だったんだ。横顔がおれのお袋によく似てるんで、彼女を恨んだり憎んだりする気になれないんだよ」

「そういうことなら、そうかもしれませんね。最上検事、あの女性に何か頼まれてたんでしょ？」

「そうか、菅沼君にはずっと説明してこなかったんだったな」

最上は経緯《いきさつ》をかいつまんで話した。

「それで、最上検事はもう手を引かれるわけですか？」

「一応、そういうことにしといたよ」

「ということは、こっそり続行ってことですね？」

菅沼が、にっと笑った。最上は笑い返し、自席に戻った。

それから数時間が流れた。

上着の内ポケットで携帯電話が打ち震えたのは、午後九時過ぎだった。いつの間にか、同僚たちの姿は疎《まば》らになっていた。

「あっしです。例の獲物は押さえやした」

亀岡がのっけに告げた。

「いま、どこにいるんだい？」

「谷中《やなか》の墓地の松の大木に後ろ手に縛りつけて、口に粘着テープを貼っときやした」

「寺の名は」

最上は訊いた。亀岡は、谷中六丁目にある寺院の名を口にした。墓地は広く、本堂からだいぶ離れている。

「すぐ行くよ」

最上は電話を切ると、慌《あわ》ただしく刑事部を出た。ボルボに飛び乗り、谷中に向かう。

目的の寺院に着いたのは、十時数分前だった。

最上は車を参道に駐《と》め、境内《けいだい》に入った。

本堂の手前から墓地に進む。暗かった。卒塔婆《そとば》が風に揺れていた。

松の大木は奥まった場所に植わっている。

「若ですね？」

闇の向こうで、亀岡の声が確かめた。

最上は短く返事をして、松の巨木に近づいた。健が目顔で挨拶した。

秋吉は太い樹幹に麻縄で括《くく》りつけられ、うなだれていた。

「亀さんたちは消えてくれ。あとは、おれが決着をつけるよ」

「若、大丈夫ですかい？」

「これでも最上組の三代目だぜ。心配するなって」

「そうですかい。それじゃ、あっしらはお先に」

亀岡が健を従えて、境内の方に走り去った。

最上は秋吉の前に立つなり、足を飛ばした。

前蹴りは秋吉の急所に入った。秋吉の腰の位置が下がった。

最上は秋吉の鳩尾《みぞおち》のあたりを蹴り上げ、顔面に正拳《せいけん》をぶち込んだ。鼻の軟骨の潰れる音がした。

「あ、あんたは⁉」

最上は秋吉の口許を塞《ふさ》いだ粘着テープを引き剝《は》がし、短くライターを点けた。

「おれは組長検事なんだよ。ある組の三代目をやってる」

「ほ、ほんとかね？」

「あんたが会社で喋ったことは、どこまで事実なんだい？」

「すべてだよ」

秋吉が喘《あえ》ぎ喘ぎ答えた。

夜気《やき》に血臭が漂った。どうやら鼻血を流しているらしい。

最上は二本貫手《ぬきて》で、秋吉の両眼を突いた。秋吉が動物じみた声を放ち、長く唸った。

「正直にならないと、あんたはここで死ぬことになるぜ」

「これ以上、痛めつけないでくれーっ」

「殺されたくなかったら、素直になるんだな。あんたは城島を焚きつけて、企業恐喝と退職金詐取をやらせたんじゃないのかっ」

「えーと、それは……」

「はっきり答えろ！」

「あんたの言った通りだよ。城島は、貸した二十二億をなかなか返済してくれなかった。だから、わたしは業《ごう》を煮やしたんだ」

「ワールド・ツーリストの赤字を埋めたかったんだな？」

「そうしたかったんだが、城島が手に入れた約十五億はある人物にそっくり脅し取られてしまったんだ」

「十五億もか!?」

「ああ、そうだ」

「誰に強請《ゆす》られたんだ？　そいつの名を言うんだっ」

最上は声を張った。

そのとき、暗がりで人影が動いた。すぐに赤い点が閃《ひらめ》いた。

銃口炎《マズル・フラッシュ》だ。銃声はしなかった。

秋吉が被弾し、小さな声をあげた。

撃ち砕《くだ》かれたのは頭部だった。肉片と脳漿《のうしよう》が飛び散った。

また、赤い光が瞬《また》いた。それほど離れていない。

最上は反射的に身を屈《かが》め、墓石の陰に走り入った。黒御影石《くろみかげいし》の墓石を掠《かす》めた銃弾は、はるか後方に飛んでいった。

最上は横に走りはじめた。

すぐに消音器付き拳銃から、三弾目が放たれた。空気の洩《も》れるような発射音が耳に届いた。弾《たま》は、古い卒塔婆を弾き飛ばした。

最上は姿勢を低くしたまま、墓の間を縫《ぬ》いはじめた。敵の拳銃の弾倉《マガジン》が空になったら、ただちに反撃に打って出るつもりだ。

襲撃者は四発目を撃つと、身を翻《ひるがえ》した。逃げたのは、本堂のある方向だった。

最上は追った。

逃げる男は黒ずくめだった。おまけに、黒のスポーツ・キャップを目深《まぶか》に被《かぶ》っている。顔かたちは判然としなかった。

本堂の前に達すると、狙撃者の姿は掻き消えていた。犯人の第一目的は、秋吉の口を封じることだったようだ。

（剝《は》がした粘着テープや麻縄を回収しないと、亀さんたちやおれが警察に疑われることになるな）

最上は墓地に駆け戻りはじめた。

2

正午のテレビ・ニュースが終わった。

最上は遠隔操作器《リモート・コントローラー》を使って、テレビの電源を切った。

根津にある実家の応接間だ。いったん登庁し、すぐに実家にやってきたのである。

前夜の秋吉殺しの件で捜査の手が最上組に伸びるかもしれないと考え、実家を訪れたわけだ。

しかし、組事務所には警察は迫っていなかった。

「若がご無事で何よりでした」

正面のソファに坐った亀岡が、しみじみと言った。

「おれは悪運が強い男だからな」

「悪運だなんて。それはそうと、若が粘着テープと麻縄を回収してくれたんで、あっしらも助かりましたよ」

「たとえ亀さんたち二人が疑われても、手錠《ワッパ》なんて打たせない。名目だけとはいえ、おれは組長だからね。もし秋吉の拉致の件が発覚したら、当然、おれひとりで罪を引っ被るさ」

最上は言った。

「若、それはいけやせん。若の経歴に傷がつきやすし、組長がお縄を頂戴したんじゃ、最上組の存亡《そんぼう》にも拘《かか》わりやす」

「おれは検事の仕事にしがみつく気はないんだ。場合によっては、潔《いさぎよ》く転職するさ」

「そんなことなさったら、先代の組長が草葉《くさば》の陰で泣きますぜ。親父さんだけじゃなく、二代目の姐《あね》さんだって同じでしょう。ご両親は、若が検察官になられたことを心底喜んでらしたんですから。また、誇りにもお感じになられてたと思います」

「そういう話をされると弱いな」

「若、話題を変えやしょう」

亀岡がいったん言葉を切り、すぐに言い継《つ》いだ。

「さっきのニュースじゃ、昨夜《ゆうべ》の事件《ヤマ》のことには詳しく触れませんでしたね？」

「ああ、第一報の域を出てなかったね。しかし、じきに捜査の進み具合はわかるはずだ」

「どなたかに上野署の動きを探らせてるんですね？」

「さすがは代貸だ。察しがいいね。コンビを組んでる菅沼君が、いま所轄署に行ってるんだ」

「そうだったんですかい。なら、捜査状況は掴めそうですね」

「ああ。殺し屋《プロ》と思われる黒ずくめの男に射殺された秋吉は、城島から返してもらった約十五億をそっくり何者かに脅し取られたと言ってた」

「若、その話を鵜呑《うの》みにしてもいいんですかね？　秋吉は苦し紛れに、そんな作り話を思いついたんじゃねえんですかい？」

「いや、作り話なんかじゃないな。だから、秋吉は葬《ほうむ》られたんだよ」

「なるほど、そうかもしれやせん。となると、秋吉は誰かに大きな弱みを握られてたんでしょうね？　十五億という巨額を脅し取られたわけですから」

「おそらく、そうだったんだろう。秋吉は過去に人殺しをしてるのかもしれない。それも、複数の人間を手にかけた。そのときの犯行現場にいた奴が中堅旅行会社の社長に収まってる秋吉を赦《ゆる》せない気持ちになって、巨額の口留め料を要求したんだろうか」

最上は呟き、玉露《ぎょくろ》を口に含んだ。

「おおかた、そんなとこなんでしょう」

「待てよ。仮に秋吉が昔、何人かの人間を殺《や》ってたとしても、口留め料の額が多すぎるな」

「ええ、ちょっとね」

「正体不明の脅迫者は、そのほかにも秋吉の弱みを握ってるのかもしれない」

「若、どんなことが考えられます？」

「秋吉は約二十二億を貸し付けてた城島を唆《そそのか》して、企業恐喝をやらせ、痴漢の濡衣を着せた男たちから退職金を詐取させた。そのことを脅迫者に知られてしまったんじゃないだろうか」

「そうか、そういうことだったのかもしれませんぜ」

「秋吉の交友関係を徹底的に洗えば、約十五億を脅し取った奴が透《す》けてくるだろう」

「若、その十五億を頂戴する気なんですね？」

「金が目的じゃないが、何らかの形で決着をつけなきゃ、留置場で首吊り自殺した清水邦光が浮かばれないからな。城島を焚《た》きつけた秋吉は、きのうの晩、殺されちまったからね」

「そうですね」

「城島からは清水氏の香典を出させるつもりだが、消えた約十五億の行方を追うつもりなんだ」

「そうですか。いつでも若を助けまさあ《ス》」

亀岡が言って、着流しの袂《たもと》から煙草とライターを摑み出した。

そのとき、応接間のドアが開けられた。健だった。

「昼食のご用意ができました」

「カツ丼でも出前してくれりゃよかったのに」

最上は言った。

「そうもいきません。三代目のお食事ですからね。といっても、ご馳走をこしらえたわけじゃありません。自分流の寄せ鍋を作ってみたんです。ぜひ召し上がってください」

「せっかくだから、いただくか」

「若、みんなで鍋を突つきやしょう」

亀岡がソファから立ち上がり、先導する形になった。最上は応接間を出て、ダイニングに移った。

食卓の周《まわ》りには、四人の組員が立っていた。

最上は亀岡に促《うなが》され、最初に食卓についた。かたわらに亀岡が坐ると、二人の組員も倣《なら》った。

ほかの二人は健とともに、給仕役に回った。

卓上コンロは一台ではなかった。二つの土鍋が白い湯気を立ち昇らせていた。

「鰯《いわし》のつみれ、自家製なんですよ」

健が幾分、自慢げに言った。

「それじゃ、真っ先に喰わなきゃな」

「組長のお口に合うかどうか」

「おれは死んだ親父と違って、喰いもののことでうるさいことは言わないよ」

「それは、ありがたいですね。二代目は味にうるさい方でしたから」

「文句を言ったら、黙って庖丁の背で親父の頭をぶっ叩いてやればよかったんだ」

「そんなことできませんよ。おれ、二代目の俠気《おとこぎ》に惚れて盃をいただいたんですから」

「親父にそこまで惚れ込んでも、ちっともいいことがなかったろう？　親父は金儲けが下手だったからな」

「そこがいいんですよ」

「しかし、いつまでもそんな状態じゃ困るよな。いつか健ちゃんが小料理屋を開けるぐらいに、おれが頑張ってみる」

「三代目、無理はなさらないでくださいね」

「ああ、わかってる。さ、みんな、喰おう」

最上は箸《はし》を手に取り、自家製つみれを頬張った。

うまかった。小骨も舌に当たらない。

給仕をしていた三人も食卓についた。最上は六人の組員と世間話をしながら、のんびりと昼食を摂《と》った。

携帯電話が鳴ったのは、煙草を喫《す》い終えたときだった。最上はポケットフォンを耳に当てながら、食堂から廊下に出た。

「菅沼です。連絡が遅くなりました」

「ご苦労さん！　で、捜査状況は？」

「逃げた犯人については、まったく手がかりがないようですね。目撃者もゼロです」

「凶器は判明したのかい？」

「はい。ライフル・マークから、デトニクスとわかったそうです。ポケット・ピストルですが、コルト・ガバメントのコピー・モデルの一つだとかで、四十五口径らしいんです」

「消音器については？」

「フランスのユニーク社製のゴム・バッフル型だという話でした」

「そう。秋吉の交友関係は？」

「まだ地取り捜査がはじまったばかりなんで、そこまでは……」

「そうか。当然、上野署に特別捜査本部が設置されるんだろう？」

「ええ、きょうの午後に正式に帳場が立つそうです。えーと、収穫はそれぐらいですかね。そうそう、上野署で毎朝新聞の麻生さんとばったり会いましたよ。麻生さん、遊軍班にいるそうです」

「そうらしいな。先日会ったときに、おれもその話を聞いたよ。ところで、麻生さんは秋吉の事《ヤ》件《マ》の取材だったのかい？」

「ええ、そうみたいでしたよ。最上検事、何か引っかかるものでも？」

菅沼が問いかけてきた。

「麻生さんは、通信傍受法に強く反対してる過激派の不穏《ふおん》な動きをマークしてるはずなんだがな。そのことと昨夜の射殺事件はどこかでリンクしてるんだろうか」

「それは、ちょっと考えにくいですね。過激派の取材が終わったんで、麻生さんは谷中の殺人事件に関わっただけなんじゃないのかな。遊軍記者ですから、いろんな事件に関わりますよね？」

「そうだな。きみは、もう地検に戻ったほうがいい。おれはもう少し寄り道をしてから、霞が関に戻るよ」

最上は電話を切ると、食堂にいる組員たちに職場に戻ると告げ、ほどなくボルボに乗り込んだ。

渋谷に車を向けた。東西トラベルのオフィスに行ってみる気になったのである。

四十五分ほどで、目的地に着いた。

（城島は会社にはいないかもしれないな。そうだったら、駒沢の自宅か坂巻あずみのマンションに行ってみよう）

最上はボルボを宇田川町の路上に駐《と》め、東西トラベルの事務所に入った。すると、五十年配の男たちが十人ほど社員と押し問答をしていた。

最上は聞き耳を立てた。

「城島社長に会わせろ。われわれは退職金を騙し取られたんだっ」

「誠意を見せないなら、ほんとうに城島を詐欺罪で告訴するぞ」

男たちが興奮気味に言い募《つの》っている。それに対して、若い社員は営業妨害だと繰り返していた。

どうやら城島は社内にいるようだ。最上は男たちが言い争っている隙に奥に進んだ。

社長室のドアはロックされていた。

最上は万能鍵を使って、手早く解錠した。ドアを開けると、キャビネットの陰に逃げ込む城島の後ろ姿が見えた。

最上はドアの内錠を掛け、執務机のそばまで歩いた。

「城島、出てくるんだ」

「…………」

「例のテープを裏ビデオ屋に流してもいいんだな。ついでに、退職金を騙し取られたと騒いでる男たちの前にあんたを突き出してやるか」

「ま、待ってくれ」

城島が慌《あわ》ててキャビネットの裏から出てきた。茶色のスリー・ピースに身を包んでいる。

「下田のホテルでは、面白いライブ・ショーを観《み》せてもらったよ。礼を言わなきゃな」

「な、何をしに来たんだ!?」

「とりあえず、坐って話そうや」

最上は言って、勝手に応接セットの長椅子に腰かけた。

モケット張りのソファだった。城島が渋々、向かい合う位置に坐った。

「フォークで刺したとこは、もう痛くないんだろ?」

「まだ疼《うず》いてる。それより、用件を言ってくれ」

「きのうの夜、秋吉が谷中の墓地で射殺されたことは知ってるな?」

「ああ。朝のテレビ・ニュースで知って、ひどく驚いたよ」

「あんた、犯人に心当たりがあるんじゃないのか?」

「知らんよ、わたしは」

「秋吉とは一緒にトローリングを愉《たの》しんだ仲らしいから、奴の私生活のことも少しは知ってるはずだ。秋吉は誰かとトラブルを起こしてたんじゃないのか?」

「そういう気配はうかがえなかったよ」

「秋吉は、あんたが返済した約十五億円を誰かにそっくり脅し取られたと言ってた。奴は昔、人を殺したことがあるんじゃないのか?」

最上は訊いた。

「ま、まさか⁉」

「十五億円もの大金を脅迫者に渡したんだとしたら、秋吉には致命的な弱みがあったにちがいない。奴は生前、あんたに悪知恵を授けたことを誰かに気取《けど》られたという意味のことを洩らしてなかったか？」

「そんなことは一度もなかったな」

「秋吉が特別に大切にしてたものは？」

「ひとり息子の努《つとむ》君を溺愛《できあい》してたね」

「その倅《せがれ》は、いくつなんだ？」

「十八だったと思う」

「いま、高三か」

「高校は一年生のときに中退して、美容学校に通ってたんだ。しかし、努君は現在、八王子の医療少年院に入ってるはずだよ」

「秋吉の息子は覚醒剤かコカインに手を出して、中毒者《ジャンキー》になっちまったのか」

「いや、そうじゃないんだ。努君は……」

城島が言いさして、急に口を噤《つぐ》んだ。

「誰かと喧嘩でもして、刃物で相手を刺し、自分も大怪我をさせられたのか？」

「わたしから聞いたことは伏せといてほしいんだが、努君はちょうど一年ほど前に女子大生を強姦して絞殺してしまったんだ」

「そういえば、そんな事件があったな。確か事件現場は西麻布のワンルーム・マンションだった」

「そう、そうだよ。秋吉さんの息子は精神鑑定で心神耗弱《しんしんこうじやく》とされて、刑事罰を免れたんだ」

「あんた、秋吉努と面識はあったのか？」

「何十回も会ってるよ。秋吉父子とは四、五度トローリングをしてる。外見はヤンキーっぽかったけど、礼儀正しい坊やだったね。精神に異常があっただなんて、未《いま》だに信じられないよ」

「父親の秋吉が何か細工をしたのかもしれない」

「細工って？」

「秋吉が精神鑑定医を抱き込んで、精神の正常な息子を精神障害者と鑑定してもらう。そうすれば、殺人者の努には刑事罰は科せられない」

「それはそうだが、いくら自分の息子がかわいいからって、そこまではやらないと思うがね」

「ふつうの父親なら、確かにそこまではやらないだろうな。しかし、秋吉は倅を溺愛してたんだろう？」

「ああ。それこそ目に入れても痛くないという感じだったね。というのも、秋吉さんは努君が五歳のときに奥さんと離婚して、男手ひとつで息子を育ててきたんだ。日常の世話は、住み込みのお手伝いさんがやってたわけだけどね」

「精神鑑定をしたドクターの名は？」

「そこまでは知らないよ」

「ま、いい。ところで、あそこに現金はどのくらい入ってるんだ？」

最上は社長席の斜め後ろに置かれた耐火金庫に目をやった。

「三百二、三十万円しか入ってないよ。例のビデオ・テープを買い取れってことなんだな？」

「そうじゃない。新宿署の留置場で人生にピリオドを打った清水邦光の香典を集金に来たのさ」

「その男からは、役員共済金は貰ってないんだ。それに、清水という博通堂の部長は勝手に死んだんじゃないか」

「あんたが彼を自殺に追い込んだようなもんだ。例のテープを裏ビデオ屋に売られたくなかったら、金庫から有り金を出せ！」

「あんた、やくざみたいな検事だな」

「やくざなんだよ、おれは。早くしろっ」

「わかったよ」

城島がソファから腰を上げ、耐火金庫の前で屈《かが》み込んだ。

最上は立ち上がり、庫内を覗き込んだ。帯封の掛かった札束が二十束はあった。

「狸《たぬき》だな、あんたは。何が三百二、三十万円だ。金庫の横にある大型のアタッシェ・ケースに帯封の掛かってる札束を全部詰めるんだ」

「二千万円そっくりか⁉ それは殺生《せっしょう》すぎる。せめて一千万だけにしてくれ」

「断る」

「わたしの手許にある現金は、この二千万だけなんだ。そっくり持っていかれたら、文なしにな
ってしまう」

「そうなったら、坂巻あずみに養ってもらうんだな」

「あずみは、きのう、蒸発しちゃったんだ。おそらく若い男がいたんだろう」

「あんたに同情する気はない。早く金をアタッシェ・ケースに詰めるんだっ」

「悪魔だな、あんたは」

城島が悪態をつき、札束をアタッシェ・ケースに詰めはじめた。二千万円が収められた。

最上はアタッシェ・ケースを城島の手から捥《も》ぎ取り、社長室を出た。出入口付近では、まだ揉
み合いがつづいていた。

「城島が海外逃亡を企《くわだ》ててますよ。みんなで、半殺しにしてやったら？」

最上は退職金を騙《だま》し取られた五十男のひとりに小声で言い、大股で表に出た。男たちが社長室
に押しかける姿が目に浮かんだ。

最上はボルボに乗り込むと、菅沼の携帯電話を鳴らした。

「おれだよ。家裁から大至急、裁判記録を取り寄せてほしいんだ」

「どんな事件なんです？」

「去年の暮れに西麻布のワンルーム・マンションで発生した強姦殺人事件だ。加害者の名は秋吉努で、十八歳だよ」

「努は特別少年院にいるんですね？」

「いや、八王子の医療少年院にいるらしい。心神耗弱と鑑定されたんだが、何か裏がありそうなんだよ。精神鑑定をしたドクターのことを知りたいんだ」

「わかりました。最上検事、これからここに戻られるんですね？」

「すぐには戻れないな。ちょっと清水邦光の自宅に行こうと思ってるんだ」

「お線香を上げに行くんですね？」

菅沼が確かめた。

最上は生返事をして、終了キーを押した。

二千万円入りのアタッシェ・ケースを清水の自宅の庭に投げ込むつもりだ。清水の遺族は拾得物として、最寄《もよ》りの交番に届け出るだろう。

城島は金の落とし主として名乗り出ることはできない。いずれ二千万は、清水の遺族のものになるはずだ。

（義賊の真似は照れ臭いが、それがベストだろう）

最上はエンジンを始動させた。

3

裁判記録と精神鑑定書の写しを読み終えた。

最上はセブンスターに火を点けた。

地検の検事調室だ。右横の事務机には、菅沼が向かっていた。

午後四時半だった。

最上は目黒区内にある清水邸の庭に二千万円入りのアタッシェ・ケースを投げ込み、十五分ほど前に戻ってきたのである。

秋吉努の精神鑑定を担当したのは、京陽医大附属病院神経科の夫馬《ふま》靖春《やすはる》医長だった。四十七歳だ。京陽医大の教授でもある。

精神鑑定書には、各種の心理テストの結果が綴《つづ》られ、脳波や脳のレントゲン写真も添えてあった。医学用語がちりばめられ、努が犯行時に心神耗弱状態にあったと断定されていた。

「最上検事、いかがです？　その鑑定は正しいんですかね？」

菅沼が言った。

「素人のおれには、なんとも言えないな」

「明日にでも八王子の医療少年院に行かれて、秋吉努に会われてみたら？　身分を明かして、担当事件の参考にしたいとでも先方に言えば、きっと努と面会させてもらえますよ」

「そうするつもりだったんだ。その前に、夫馬のことを少し調べてみよう」

「そうくるだろうと思って、さっき京陽医大附属病院に電話で、夫馬ドクターがいるかどうか確かめておきました」

「身分を明かしたのか？」

「そんな失敗《ドジ》は踏みません。医大の後輩と偽《いつわ》って、大学新聞にエッセイを寄稿してほしいと言ったんです」

「夫馬本人と喋ったのか？」

「いいえ、本人はカウンセリング中とかで電話口には出てきませんでした。神経科の女性看護師と話をしたんです。それで、ドクターがきょうは午後七時まで病院にいることも教えてもらいました」

「きみは優秀な検察事務官だよ。ついでに夫馬の顔写真を手に入れてくれりゃ、焼肉をたらふく喰《く》わせてやるんだがね」

「ご馳走さまです」

「顔写真も手に入れてくれたのか!?」

「はい。といっても、写真のコピーですけどね。顔見知りの判事に頼んで、こっそりと……」

菅沼が立ち上がり、顔写真の写しを差し出した。最上は受け取り、すぐに目を落とした。

やや粒子が粗《あら》いが、顔の輪郭《りんかく》はくっきりとしていた。目鼻立ちも鮮明だ。

夫馬はインテリ然とした面立《おもだ》ちで、典型的な鷲鼻だった。唇は薄い。

「頭は悪くなさそうだが、どことなく酷薄そうだな」

「ぼくも、そう感じました」

「夫馬の家族構成は？」

「五つ年下の奥さんと港区白金《しろかね》二丁目の豪邸に住んでます。子供はいません。顔写真のコピーを取ってくれた判事の話によると、夫馬ドクターはブリティッシュ・グリーンのジャガー・ソブリンで大学病院に通ってるそうです」

「英国車に乗ってるのか。趣味は悪くないな。医者の多くはE型《クラス》かS型《クラス》のベンツに乗ってるからね」

「ええ、そうですね。それから、白金の自宅は奥さんの父親が娘夫婦にプレゼントしたものらしいんです」

「そう。女房の親父さんは何者なんだい？」

「医療機器メーカーの創業者だそうです」

「夫馬は婿養子《むこようし》なのか？」

「いいえ、そうじゃありません。しかし、女房の尻《しり》に敷かれてるようなところもあるようです。そのせいかどうかわかりませんが、ドクターは相当なギャンブル狂のようですよ。きっと賭け事で憂《う》さを晴らしてるんでしょう」

「そうなのかもしれない。菅沼君、焼肉を喰いに行こう」

「わがままを言うようですが、きのうの晩、友人と焼肉バイキングの店に行ったんですよ。天井か何かで結構です」

「そういうことなら、鮨《すし》を奢《おご》ろう」

最上は折り畳んだ顔写真のコピーを上着のポケットに入れ、すっくと立ち上がった。二人は検事調室を出ると、そのままエレベーターで一階に降りた。

最上はボルボの助手席に菅沼を坐らせ、すぐさま車を走らせはじめた。

桜田通りに出て、虎ノ門一丁目に向かう。

裏通りに馴染みの鮨屋があった。店の構えは簡素だが、味は絶品だ。ことに羽田沖で獲《と》れた穴子の味は、都内の鮨屋でも五本の指に入るのではないか。

十五分ほどで、店に着いた。

最上はボルボを路上に駐《と》め、菅沼と店内に入った。客の姿はなかった。まだ時刻が早いせいだろう。

無口な老店主と短い挨拶を交わし、素木《しらき》のカウンターに向かった。付け台は磨《みが》き込まれ、光沢を放っていた。

最上はビールと白身魚の刺身をつまみで注文した。

つまみを平らげると、二人はお好みで握り鮨を抓《つま》みはじめた。

「この勘八《かんぱち》、最高です。こんなにうまい鮨は初めてですよ」

菅沼が感激した声で言った。

「遠慮しないで、好きなものを喰えよ。ネタはすべて天然ものなんだ」

「高いんでしょう？　なんか悪いな」

「銀座の格式張った店の三分の一の値段だよ。だから、おれにも払えるんだ」

「それじゃ、遠慮なくご馳走になっちゃおう」

「ああ、喰ってくれ」

最上は旬《しゅん》の魚を中心に次々に握ってもらった。もてなす側の自分が健啖家《けんたんか》ぶりを発揮しなければ、相手が注文しにくいと考えたからだ。

菅沼が釣られて猛然と食べはじめた。最上は子供のころに亡父から男の鮨の喰い方を教わっていた。

自分が誰かに鮨を振る舞うときは、決して懐具合を気にしてはいけない。逆に奢られる場合は、さりげなく鯖《さば》、小鰭《こはだ》、青柳、烏賊《いか》といった安い種《たね》を選ぶ。間違っても本鮪《ほんまぐろ》の大トロとか、鮑《あわび》ばかりを選んではいけない。

男は見苦しいことを極力《きょくりょく》避け、粋《いき》に生き抜く。そして、他人のために汗を流すことを厭《いと》うべきではない。それが父のダンディズムだった。

身勝手で酒と女にだらしのなかった男だが、痩《や》せ我慢の美学を生涯崩さなかった点だけは評価できる。いつしか自分も亡父と似たような生き方をしていることに気づかされ、微苦笑することがあった。

「うーっ、喰ったなあ。ベルトを少し緩《ゆる》めないと……」

菅沼が言いながら、実際にベルトの留め穴をずらした。

「もう入らないか？」

「ええ、限界です」

「それじゃ、出よう。先に表に出てくれないか」

最上は菅沼に言ってから、勘定を済ませた。三万円は超えなかった。

店を出ると、菅沼が礼儀正しく言った。

「大変ご馳走になりました。次は、ぼくに奢らせてください。といっても、焼肉バイキングか回転寿司ですけどね」

「妙な気遣《きづか》いは無用だ。新橋駅まで送ろう」

最上はふたたび菅沼を助手席に坐らせ、最寄りのＪＲ駅まで送り届けた。それから、四谷にある京陽医大附属病院に向かった。

病院に着いたのは、午後六時四十分ごろだった。

最上はボルボを職員専用駐車場の見える車道の端に寄せた。暗緑色のジャガー・ソブリンは、ほぼ中央に駐めてあった。

最上はヘッドライトを消し、煙草に火を点けた。ふた口ほど喫《す》ったとき、携帯電話が着信音を奏《かな》ではじめた。電話をかけてきたのは、玲奈だった。

「まだ生理が来ないの。もしかしたら、赤ちゃんができたのかしら？」

「えっ」

「そんなに驚かないで。仮に妊娠してても、あなたに迷惑はかけないから」

「迷惑？」

「中絶手術の同意書には誰か知り合いの男性のサインを貰うし、費用も自分で払うわ」

「玲奈、そういう言い方はよくないな。おれたちは大人同士なんだ。もし妊娠してたら、二人でそのことについて話し合うべきだろうが」

最上は幾分、語気を強めた。

「話し合ったところで、結論は一つよね」

「きみが産みたいなら、産んでもいいんだ」

「未婚の母になれってわけ？」

「いや、そういう形ではなく、けじめをつける」

「あら、当分、結婚する気はなかったんじゃなかった？」

「状況が変われば、考え方も変わるさ」

「ごめんなさい。わたしって、どうかしてるわ。いままでも生理が遅れたことは何度もあるのに、今回は変にナーヴァスになってる」

「職場で何かあったのか？」

「ちょっとね。でも、どうってことじゃないの」

「他人行儀だな。淋しいね」

「ほんとうに、たいしたことじゃないのよ。きょうの会議の席で直属の上司に国税局は大企業に甘すぎるんじゃないかと言ったら、景気が回復しきってないのに、子供じみたことを言うなって怒鳴られちゃったの。それで、気分がくしゃくしゃしてたのよ」

「その上司こそ、大人げないな」

「そうよね？　やっぱり、僚さんだわ。ね。今夜、あなたの部屋に泊めて。なんとなく一緒にいたい気持ちなの」

「泊まるのはいいが、おれ、帰りが遅くなるかもしれないぜ」

「誰かを張り込み中なの？」

　玲奈が問いかけてきた。

　最上は、その後の経過をかいつまんで話した。

「夫馬ってドクターが秋吉の息子の精神鑑定を故意に捻《ね》じ曲げた疑いがあるかもしれないと推測したわけね？」

「そうなんだ。ただ、夫馬はかなりリッチなようだから、金欲しさに秋吉努の精神鑑定を捻じ曲げたとは思えないんだよ。もっともギャンブル好きだという情報もあるから、金に目が眩《くら》んで、いんちきな精神鑑定をしたということもありうるかもしれない」

「夫馬には、他人に知られたくない秘密があるんじゃない？ 殺された秋吉はその秘密を何らかの方法で知って、夫馬にいんちきな精神鑑定を強《し》いたんじゃないかしら？」

「どっちにしても、少し夫馬を尾行してみるよ」

「そういうことなら、預かってる合鍵で僚さんの部屋に入らせてもらうわ」

「おれの帰りが遅くなったら、先に寝《やす》んでてくれ」

「ええ、そうさせてもらうわ」

玲奈が先に電話を切った。

最上はマナー・モードに切り替えてから、ポケットフォンを懐に戻した。

それから五、六分が流れたころ、病院の職員通用口から四十代後半の男が現われた。

最上は目を凝《こ》らした。夫馬靖春だった。ツイード地のスーツ姿だ。マフラーやコートは車の中にあるのだろう。

夫馬は寒そうに身を縮めながら、ジャガー・ソブリンに急いだ。すぐに運転席に入り、エンジンをかけた。

最上は気持ちを引き締めた。

少しすると、夫馬のジャガーが低速で駐車場から出てきた。高級英国車が遠ざかってから、最上はボルボを発進させた。

ジャガーは新宿通りに出て、四谷見附交差点から外堀通りを進んだ。最上は充分な車間距離を保ちながら、慎重に尾行しつづけた。

やがて、夫馬の車は赤坂三丁目の飲食店ビルの前に停まった。田町通りだった。

最上はジャガーの数台後ろにボルボを停め、すぐにライトを消した。

そのとき、夫馬が車を降りた。そのまま彼は、九階建ての飲食店ビルの中に消えた。

最上は急いで外に出て、飲食店ビルの出入口に駆け込んだ。

夫馬はエレベーター・ホールに立っていた。その近くには、ホステスと思われる若い女が四人ほど固まっていた。揃って化粧が濃い。

最上はエレベーター乗り場にゆっくりと近づき、夫馬と同じ函《ケージ》に乗り込んだ。厚化粧の女たちは三階で降りた。

夫馬が降りたのは、七階だった。

最上は扉が閉まる寸前にホールに降りた。

通路の両側には、バーやクラブが連《つら》なっていた。最上は軒灯《けんとう》を確かめる振りをしながら、夫馬の姿を目で追った。

夫馬は通路の端まで歩き、黒いドアの店に入った。外壁は純白だった。

最上は、その店に近づいた。ドアに金文字で『ブラック』と記《しる》されているだけで、バーかミニ・クラブかはわからない。

最上は何気なく頭上を振り仰いだ。

超小型ビデオ・カメラが設置されていた。ふつうの酒場ではなさそうだ。

最上は『ブラック』から離れ、エレベーター・ホールに引き返した。すると、函《ケージ》から黄色いビール・ケースを抱えた若い男が降りてきた。

最上はホールの端にたたずみ、若い男の動きを追った。ビール・ケースを抱えた男は、『ブラック』の隣の会員制ミニ・クラブの中に消えた。

(あの若者なら、『ブラック』がどういう店か知ってるだろう)

最上はエレベーターを呼ぶボタンを押さなかった。

数分待つと、若い男が会員制ミニ・クラブから現われた。最上は、ホールに立ち止まった相手に話しかけた。

「東京地検の者だが、ちょっと教えてほしいことがあるんだ」

「何でしょう?」

「奥の『ブラック』は、単なる飲み屋じゃないね?」

「みたいですね。人から聞いた話ですと、どうも秘密カジノみたいですよ。二重扉になってて、最初のドアを開けても店の様子はわからない造りになってるそうです。おそらくルーレットやカード・テーブルがあって、会員の客たちがブラックジャックやバカラをやってるんでしょう」

「秘密カジノだとしたら、どっかの組が仕切ってるにちがいない。そうなんだろう？」

「これも噂ですけど、赤坂や六本木を縄張りにしてる東門会《とうもんかい》が代議士、医者、公認会計士、レストラン経営者、中小企業のオーナー社長なんかを会員にしてるようですよ」

若い男が答えた。

「客が出入りするのを見たことはあるのかな？」

「ええ、何遍《なんべん》もあります」

「この男を見かけたことは？」

最上は上着のポケットから夫馬の顔写真を取り出し、押し開いた。相手が覗き込んで、すぐに言った。

「その方なら、四、五回見てますよ」

「そう。どうもありがとう」

「写真の男、何をやったんです？」

「そういう質問には答えちゃいけないことになってるんだよ。あしからず！」

最上は若い男の肩を軽く叩いた。

相手はきまり悪そうに笑い、ほどなく函《ケージ》の中に消えた。

最上は十分ほどホールに立ち、『ブラック』に入る客が現われるのを待ってみた。しかし、徒労に終わった。

（夫馬はすぐには出てこないだろう）

最上は飲食店ビルを出て、自分の車に戻った。万能鍵を使ってジャガーの中にある物をチェックしたかったが、あたりには常に人目があった。

最上は運転席の背凭《もた》れをいっぱいに倒し、上体を大きく傾けた。

どのくらい待たされることになるのか。長く待たされた揚句、何も成果は得られないかもしれない。

そう思うと、張り込みを早々に切り上げて塒《ねぐら》に戻りたい気持ちになってきた。そうすれば、玲奈と愉《たの》しい一刻《ひととき》を過ごせる。

最上は心がぐらついたが、張り込みをつづけることにした。

長い時間が虚《むな》しく流れた。

飲食店ビルから夫馬が現われたのは、十時半過ぎだった。なんとなく悄然《しょうぜん》と見える。ルーレットか、カード・ゲームで大損したのだろうか。

ジャガーが動きはじめた。

最上は尾行を再開した。夫馬の車は裏通りを抜け、六本木通りを突っ切った。日本ＩＢＭの少し先にある南欧風のマンションの近くで停まった。

夫馬は、東門会が仕切っている別の秘密カジノを覗く気になったのか。あるいは、愛人宅を訪れたのだろうか。

夫馬がジャガーから出て、南欧風の洒落《しゃれ》たマンションの表玄関に足を向けた。

最上も車を降り、アプローチの植込みの中に入った。中腰でポーチに近づき、耳に神経を集めた。

夫馬が集合インターフォンのボタンを馴《な》れた手つきで押した。ややあって、スピーカーから女の声が流れてきた。

「どちらさまでしょう？」

「夫馬だ。ママ、沙也加《さやか》はもうプレイ・ルームに入ってるよね？」

「はい、もう十分も前にね。先生は沙也加ちゃんがすっかりお気に入りのようね」

「いいから、早くオート・ロックを解いてくれ」

「ただいま、すぐに」

スピーカーが沈黙した。夫馬はスラックスのポケットに両手を突っ込み、足踏みしはじめた。

玄関のオート・ロックが外された。夫馬がエントランス・ロビーに走り入り、エレベーターに乗り込んだ。

最上は玄関のガラス扉に接近し、エレベーターの階数表示盤を見た。

ランプは五階で静止した。五階のどこかに、いかがわしい秘密クラブがあるらしい。

（夫馬はインターフォンで、沙也加がプレイ・ルームに入ってるかどうか相手の女に確かめてたな。ひょっとしたら、奴は秘密ＳＭクラブのメンバーなのかもしれない）

最上はマンション名と住所を手帳に書き留めると、自分の車に戻った。

長い張り込みになりそうだった。

4

一時間が経過した。

夫馬は南欧風のマンションに入ったきり、いっこうに出てこない。もうしばらく姿を見せそうもなかった。

最上は静かにボルボを降り、夫馬の車に走り寄った。

万能鍵でジャガー・ソブリンのドア・ロックを外し、素早く運転席に入る。数十秒してから、ライターを鳴らした。

後部座席にウール・コートと焦茶《こげちゃ》の革鞄《かわかばん》があった。最上はライターの炎を消し、コートと鞄を摑み上げた。

最初にコートのポケットを探った。

だが、何も入っていなかった。革鞄のジッパーを開け、ふたたびライターの火を点けた。

鞄の中身は、精神医学関係のレポートばかりだった。どうやら夫馬は住所録や名刺入れの類《たぐい》は、常に持ち歩いているようだ。

最上はコートと革鞄を後部座席に戻し、助手席に半身を投げ出した。

グローブ・ボックスの蓋《ふた》を開け、またライターを鳴らした。車検証の上に、ミニ・アルバムが載っていた。

最上はミニ・アルバムを取り出し、最初のページを捲《めく》った。

次の瞬間、声をあげそうになった。ショッキングな写真だった。

全裸の若い女が黒い革紐《かわひも》で亀甲縛《きっこうしば》りにされていた。両手は後ろ手に括《くく》られ、果実のような乳房は菱形の網目から半ば零《こぼ》れている。

脚《あし》は折り曲げられた形で縛り上げられていた。股の間には数本の革紐が差し渡され、大陰唇が畝《うね》のように盛り上がっている。

性器には、一輪の紅《あか》いスイートピーが挿入されていた。女の顔は歪んでいた。

しかし、単に苦悶しているだけではなさそうだ。どこか恍惚《こうこつ》の色がにじんでいる。

（この二十一、二の娘が沙也加なのかもしれない。だとしたら、夫馬は秘密SMクラブの会員なんだろう）

最上はページを繰った。そこには、二葉のカラー写真が収まっていた。

上段には、滑車で逆《さか》さ吊りにされた女が写っていた。被写体は同じだった。やはり、一糸もまとっていない。

下段の写真では、女は細い針金で全身をぐるぐる巻きにされていた。両方の乳首は、金属の紙挟みで締めつけられている。

次のページにも、二枚の写真が貼ってあった。

一枚は、女が太い首輪を嵌《は》められて床を犬のように這わされている写真だった。床には、無数の画鋲《がびょう》が散っていた。

下の写真を見る。裸の女は寝椅子《カウチ》に腹這《ば》いになっていた。

その背には、溶けたろうそくの雫《しずく》が点々と散っていた。なんのつもりなのか、彼女の肛門にはペンライトが突っ込まれている。

最後のページの写真は、おぞましかった。

女は顔面に小便を浴び、うっとりした表情を見せている。サディストの夫馬が排尿しながら、カメラのシャッターを押したのだろう。パートナーの若い女も真性《しんせい》のマゾヒストにちがいない。

(こいつは何かの役に立ちそうだ。貰っとこう)

最上はミニ・アルバムを上着のポケットに入れ、ジャガーから出た。自然な足取りで夫馬の車から離れ、ボルボの中に戻った。

夫馬がマンションから出てきたのは、午後十一時五十分ごろだった。

ひとりではなかった。写真の女を伴《ともな》っていた。

夫馬が先にジャガーの運転席に入った。沙也加と思われる若い女が助手席に坐った。

これから二人は、どこかでカクテルでも飲むつもりなのか。それとも、夫馬は女を車で自宅まで送るだけなのだろうか。

ジャガーが発進した。

最上は少し間《ま》をとってから、ボルボを走らせはじめた。夫馬の車は外苑東通りに出ると、飯倉《いいくら》方面に向かった。

最上は慎重に追尾しつづけた。

ジャガーは麻布台から桜田通りをたどり、芝大門《しばだいもん》二丁目に入った。ほどなく三階建てのミニ・マンションの横に停まった。

若い女が車を降り、ミニ・マンションの一階の角部屋の玄関ドアに歩み寄った。夫馬はそこまで見届けると、ふたたびジャガーを走らせはじめた。

最上は追った。

ジャガーは芝から三田《みた》を抜け、白金の邸宅街に入った。夫馬は自宅に帰るのだろう。

（ここまで尾行してきたついでに、夫馬の自宅も見ておくか）

最上はジャガーから目を離さなかった。

やがて、夫馬の車は豪邸の前でいったん停まった。ガレージのオート・シャッターが巻き揚げられた。ジャガーがガレージに納められ、夫馬は洋館の中に吸い込まれた。

最上はボルボを飯田橋に向けた。帰宅する気になったのである。

表通りに出たとき、コンテナ・トラックがボルボの真後ろに迫った。そのまま猛進してくる。

（わざと追突する気だな）

最上は加速し、左に逃げた。

コンテナ・トラックもすぐさまスピードを上げ、悪質な幅寄せをしてきた。最上は幾度もハンドルを左に切った。タイヤが路肩《ろかた》の縁石を擦《こす》りそうになった。

コンテナ・トラックには、二人の男が乗っていた。暗くて顔はよく見えない。

前方の信号が赤に変わりかけていた。

最上はアクセルを深く踏みつけ、ガード・レールとコンテナ・トラックの間を辛《かろ》うじて擦り抜けた。交差点を突っ切り、さらにスピードを上げた。

コンテナ・トラックも信号を無視して、執拗に追ってくる。

（奴らの正体を突きとめてやろう）

最上は三田四丁目から裏通りに入り、芝浦《しばうら》をめざした。新芝浦運河を渡り、芝浦四丁目から海岸通りに乗り入れた。

コンテナ・トラックは三、四十メートル後方まで迫っていた。二人組のひとりは、例の黒ずくめの殺し屋なのかもしれない。

東京モノレールの高架の下を潜《くぐ》り、最上は芝浦の倉庫ビル街まで車を走らせた。岸壁の近くにボルボを駐《と》め、すぐに外に出た。

海から吹きつけてくる風は尖《とが》っていた。

コンテナ・トラックから二つの人影が飛び出してきた。最上は暴漢たちを倉庫の暗がりに誘い込むことにした。

二人組が駆け足になった。

最上は倉庫と倉庫の間に走り入り、野晒《のざら》しの積荷の陰に隠れた。追っ手の二人が足を止めた。

「あの野郎、どこに逃げ込みやがったんだ」

「この近くにいるはずだよ」

男たちが言い交わし、二手に別れた。

倉庫ビルの外壁に取り付けられたナトリウム灯の光で、通路はそれほど暗くない。最上は木枠《きわく》で覆われた陶器の陰から、通路をうかがった。

二人組は、チンピラやくざ風だった。どちらも二十六、七だろう。

片方は黒革のハーフ・コートを羽織《はお》っている。もうひとりの男は角刈りで、厚手の柄物セーターを着ていた。

左右に散った男たちが、じきに積荷の前に戻ってきた。

「そっちにもいなかったのか？」

「ああ。おかしいな。そう遠くまで逃げたはずはねえんだがなあ」

「おい、もしかしたら……」

「その荷の後ろに？」

「ああ。ちょっと検《しら》べてみらあ」

ハーフ・コートの男が仲間に低く言い、積荷に近づいてきた。

最上は身を屈《かが》め、右の肩口と両手で木枠で覆われた陶器を力まかせに押した。積荷が倒れ、ハーフ・コートの男は下敷きになった。

男の体半分は荷に嚙まれていた。

最上は回り込んで、痛みを訴えている男の顔面を蹴り込んだ。的《まと》は外さなかった。

「てめーっ」

角刈りの男が喚《わめ》き、腰から何か引き抜いた。

トカレフだった。原産国の旧ソ連製ではなく、中国でパテント生産された黒星《ヘイシン》だろう。

男が拳銃を構えた。

撃鉄《ハンマー》はハーフ・コックになっていた。トカレフには、いわゆる安全装置《セーフティ・ロック》はない。撃鉄をハーフ・コックにしておくことで、暴発を防いでいるわけだ。

角刈りの男が左の掌《てのひら》で撃鉄《ハンマー》を搔き起こそうとした。

トカレフの銃弾は七・六二ミリだが、殺傷能力は高い。至近距離で頭部や胸を撃たれたら、まず命を落とすことになるだろう。

最上は高く跳《と》んだ。

宙《ちゆう》で二本の脚《あし》を交互に屈伸させた。

蹴りは相手の顔面と腹部に入った。われながら、連続蹴りはきれいに決まった。角刈りの男はいったん大きくのけ反《ぞ》り、それから体をくの字に折った。その姿勢のまま、尻から落ちた。

最上は着地すると、相手の利き腕を蹴った。

手からトカレフが落下した。

最上はトカレフを拾い上げ、すぐに撃鉄を起こした。あとは引き金《トリガー》を絞れば、確実に銃弾が飛び出す。

最上は小さく振り向いた。

ハーフ・コートの男は唸りながら、懸命に積荷をどかそうとしている。すぐには払いのけられないだろう。

最上は片膝を落とし、トカレフの銃口を角刈りの男の眉間に押し当てた。

「おまえら、何者なんだ？　誰に頼まれて、おれを尾行したんだっ」

「そんなこと言えるかよ」

「それじゃ、言えるようにしてやろう」

「て、てめえ、何すんだっ。まさかおれを撃《ハジ》く気なんじゃねえだろうな」

男の声は、かすかに震えていた。最上は冷笑し、相手の頬を下から強く挟みつけた。男は自然に口を開ける恰好《かっこう》になった。

最上はトカレフの銃身を男の口中に捻《ね》じ入れ、銃口で喉の奥を思いきり突いた。

男が喉の奥を軋《きし》ませた。

最上はすぐに銃身を引っ込めた。いつまでも銃身を深く突っ込んでいたら、相手が吐き気を催《もよお》すからだ。

「喋る気になったかい？」

「くそっ」

「まだ粘る気か」

「銃身を抜いてくれーっ」

男が、くぐもり声で言った。

最上は照準を上の前歯に引っ掛け、銃身を荒っぽく引いた。歯の折れる音がした。

男がむせびながら、血みどろの前歯を吐き出した。

「歯を一本ずつ抜かれたくなかったら、おれの質問に答えることだな。どこの者だ？　堅気だとは言わせないぞ」

「東門会の者だよ」

「やくざに追われるようなことはしてないぜ」

「あんた、赤坂の『ブラック』に来たろうが。防犯ビデオのモニターにあんたの姿が映ってたんだよ」

「そういうことだったのか。あの店は、東門会がやってる秘密カジノだな？」

「あんた、何者なんだよ？　兄貴は刑事《デカ》かもしれねえから、あんたの正体を突きとめろって言ってたけど、警察《サツ》の人間じゃねえんだろ？」

「いいから、早く答えろ」

最上は銃口を男の左胸に押し当てた。

「ああ、『ブラック』は東門会《うち》がやってるんだ」

「京陽医大附属病院の夫馬靖春は、秘密カジノの上客なんだな？」

「…………」

「どうした？　急に日本語を忘れちまったのかい？　それとも、死んでもいいと開き直ったのか？」

「まだ死にたくねえよ。ああ、夫馬先生は上客さ」

「夫馬は『ブラック』を出てから、六本木の南欧風のマンションの五階に上がった。五階の一室に東門会が仕切ってる秘密ＳＭクラブがあるんだなっ」

「…………」

「よし、もう一本前歯を引っこ抜いてやろう。口を思い切り大きく開けろ！」

「やめてくれ。あんたの言った通りだよ。先生は、女をいじめるのが大好きなんだ。社長令嬢なんかと結婚したんで、ちょっと歪んじゃったんじゃねえの？」

「ＳＭクラブの入会金は、いくらなんだ？」

「サディズム・コースが三百万で、マゾヒズム・コースが二百万だったかな。一回のプレイ料金は九十分で、どっちも十五万だよ」

「夫馬は、いつごろ会員になったんだ？」

「二年ぐらい前だったかな」

男が答えた。

「秘密カジノには、いつごろから出入りしてるんだ？」

「やっぱり、二年ぐらい前だよ。あの先生は負けが込むと、余計に熱くなるんだ。店で貸し込んだチップ料金が一千万を超えることも珍しくなかった。いいお客さんだよ」

「夫馬は現在、どのくらい店から借りてるんだ？」

「いまは、先生の借りはゼロだと思うよ。こないだ、清算してくれたんでね」

「一年ぐらい前に夫馬が店で派手な勝負をしたことは？」

「そういえば、ひと晩で七、八百万遣《つか》ったことがあるね。ルーレットの一点張りで、そっくり負けちまったけどな」

「そうか」

「あんた、先生の白金のお宅まで尾行してたけど、いったい何屋なんだよ？」

「身許調査にゃつき合えねえな」

最上は立ち上がりざま、角刈りの男の顎を蹴り上げた。男は仰向けに引っくり返り、四肢《しし》を縮めた。

そのとき、背後からハーフ・コートの男が最上の腰に組みついてきた。

最上は靴の踵《かかと》で、相手の向こう臑《ずね》を蹴りつけた。

骨が鈍く鳴った。ハーフ・コートの男が呻いて、その場にうずくまった。

最上は振り向き、トカレフの銃把《グリップ》で相手の頭頂部を強打した。

ハーフ・コートの男は、横倒れに転がった。白目を見せながら、全身を痙攣《けいれん》させている。脳震《のうしん》盪《とう》に陥ったのだろう。

「二人とも凍死しないようにしな」

最上は暴漢たちに言い、ボルボに向かって歩きはじめた。トカレフは岸壁から海に投げ棄《す》てるつもりだ。

第四章　怪《あや》しい総会屋

1

面会室は明るかった。

窓が大きく、壁は純白だ。花も飾られていた。八王子の医療少年院である。

最上は椅子に腰かけ、秋吉努を待っていた。

東門会の二人を痛めつけた翌日の午後三時過ぎだった。前夜、マンションに戻ると、玲奈が待っていた。

最上は玲奈とワインを傾けながら、一時間ほど談笑した。そのあと、二人はいつものように睦《むつ》み合った。

玲奈は乱れに乱れ、幾度も憚《はばか》りのない声をあげた。魚のように裸身をくねらせ、甘やかな声で啜《すす》り泣いた。

最上も狂おしく玲奈の肌を貪《むさぼ》った。それだけでは終わらなかった。明け方、二人はふたたび求め合った。濃厚な交わりになった。

いまも全身の筋肉が痛い。

首の凝《こ》りをほぐしていると、男性職員に伴われた努が面会室に入ってきた。長身で、やや痩《や》せている。父親とは、あまり似ていない。多分、努は母親似なのだろう。

「坐りなさい」

四十代半《なか》ばの職員が努に声をかけた。努が小さくうなずき、最上の正面に坐った。

「検事さん、例のことはよろしくお願いしますね」

「ええ」

最上は職員に短く答えた。医療少年院側は、秋吉が殺されたことを息子の努には伏せてあった。いたずらに努を不安がらせたくないという配慮なのだろう。

「何かありましたら、呼び出しブザーを押してください」

「わかりました」

「それでは、わたしはこれで……」

職員が面会室から出ていった。

「東京地検刑事部の最上という者だ」

「えっ、東京区検でしょ？　だって未成年の事件は、区検扱いだもんね」

「ああ、その通りだ。きょうは、参考のために面会させてもらったんだよ。ちゃんと所長の許可も貰ってる」

「誰か大人がおれと同じようにレイプ殺人をしちゃったんだな」

「そういうことだ。きみの調書をざっと読んだが、殺害の動機は犯行が露見するのを恐れてということだったね？」

最上は確かめた。

「面倒だから、そう供述したんだ」

「ということは、別の動機があったってことだね？」

「うん、まあ」

「それを教えてくれないか。わたしが担当してる事件の被疑者も、その点がどうも曖昧《あいまい》なんだよ」

「ふうん。おれさ、殺した女子大生に引っかけられたんだ」

「それは逆《ぎゃく》ナンパされたって意味かい？」

「ううん、そうじゃないよ。歌舞伎町で彼女に声をかけたのは、おれのほうだったんだ。けどさ、あの女が自分のマンションに誘ったんだよ」

「それで？」

「缶ビールを飲んでるうちにムードが盛り上がったんで、おれ、女をベッドに押し倒したんだよ。そしたら、あいつ、三万円くれなきゃセックスさせないなんて言い出したんだ」

「きみは女子大生に嵌《は》められたと思ったわけだ？」

「うん、そう。おれ、ものすごく頭にきたよ。それで女の服やパンティを脱がせて、強引に姦《や》っちゃったんだ」

「行為のあと、女子大生はきみの親に何もかも話すとでも言ったのか？」

「ううん、そうじゃない。あの女、おれを侮辱したんだよ」

「どんなふうに？」

「早漏野郎《そうろう》のくせに、レイプなんかするんじゃないわよって嘲笑したんだ。それで、おれはカーッとして、あの女を殺《や》っちまったんだよ。殺す気はなかったんだけどさ、気がついたら、女子大生は死んでたんだ」

努はそう言うと、意味不明の叫び声をあげた。すぐに彼は頭髪を両手で搔《か》き毟《むし》り、声を殺して泣きはじめた。犯行時のことが脳裏に蘇《よみがえ》ったのだろう。

（この少年は精神的には正常者だな）

最上は、そう直感した。

数分すると、努は泣き熄《や》んだ。

「なぜ、ほんとうの動機を言わなかったんだ？」

「おれは、早漏野郎って言われたんだぜ。そんなこと話せないよ、みっともなくてさ。だから、刑事や検事には別のことを言ったんだ」

「そうだったのか。ところで、きみは親父さんにとっても大事にされてたようだね?」

「親父は、母親のいない息子に不憫《ふびん》な思いをさせたくないという気持ちから、単におれを甘やかしてたんだと思うよ。おれが欲しがる物はなんでも買ってくれたし、行きたい所にも連れてってくれた。けど、それが愛情のバロメーターなんかじゃない。親父がおれをかわいがってくれたのは、自分のためでもあったんじゃねえのかな」

「母親の分まで自分が息子に精一杯のことをしてやってるという自己満足感を得たかったってことかい?」

「うん、そう。きっと親父のなかには、そういう気持ちがあったはずだよ。親父は人一倍、世間体を気にするタイプなんだ。勉強のできなかったおれを有名私立高校に入れたのも、結局、自分の見栄だったんだと思う。おれ、入試のとき、全科目とも白紙に近い答案だったんだよ。それなのに、なぜか合格してた。おそらく親父が学校の理事長あたりに金を積んで、おれを裏口入学させてくれたんだろうね」

「さあ、それはどうかな。試験問題が難しくて、ほかの受験生の総合点も低かったのかもしれないぜ」

「そうだったとしても、おれの点数じゃ絶対にパスしないって。おれ、頭よくないけどさ、それぐらいはわかるよ」

「話を変えよう」

「そうだね」

「事件後、親父さんとは何回か会ってるよな？」

「うん」

「そのとき、親父さんに何か言われなかった？」

「鑑別所にいる間、できるだけ突っ拍子もないことを言ったり、やったりしろと言われたよ。そうすれば、おれの人生に大きな汚点は残らないだろうとも言ってた」

「それで？」

最上は先を促した。

「よく意味がわからなかったけどさ、おれは親父に言われた通りに真夜中に大声で歌を歌ったり、観察官のネクタイをいじったりしたんだ」

「そう。きみは犯罪心理学専門の大学教授と面談したあと、京陽医大の教授で附属病院の神経科の医長をやってる夫馬先生の心理テストを受けたね？」

「ロールシャッハ・テストをやらされて、何枚か絵も描《か》かされたよ。それから、脳波なんかも取られたな。あとで知ったんだけどさ、あれ、精神鑑定の面談だったんだってね？」

「ああ。夫馬先生は犯罪心理学者の意見を参考にして、きみは犯行時に心神耗弱の状態にあったと鑑定した。それによって、家裁はきみをここに強制入院させることに決めたわけさ」

「おれ、精神に障害があるって鑑定されたと知って、びっくりしたよ。それで、面会に来た親父に何とか鑑定をやり直すように家裁に掛け合ってくれって頼んだんだ」

「そうしたら?」

「複数の大学教授が鑑定をしたんだから、間違いがあるわけない。おまえは自覚できてないけど、精神のバランスが少し崩れてるんだよ。親父の奴は、そう言ったんだ。冗談じゃない、おれの頭はノーマルだよ。何度もそう言ったんだけど、親父はまともには取り合ってくれなかった。それで、医療少年院で早く心の病気を治せとばかり繰り返してたんだ」

努が下唇を噛んでうつむいた。

「鑑定書には、きみには分裂病型人格障害が見られると記述されてた」

「おれ、どこもおかしくなんかないよ」

「わたしも、そう感じた。親父さんは面会に訪れたとき、きみに突っ拍子もないことをやれと言ったんだったな?」

「うん。そうか、親父はおれを精神異常者に仕立ててくれって夫馬に頼んだんだな。そうすりゃ、息子のおれは刑事罰を受けないで済む」

「その可能性は否定できないね」

「検事さん、調べてくれませんか。おそらく、そういうことなんですよ。だから、親父はここんとこ面会に来ないんだ。自分が夫馬を抱き込んだことがバレちゃうかもしれないんでね」

「そうなのかもしれない」

最上は一瞬、努の父親が殺害されてしまったことを口走りそうになった。しかし、職員との約束を破るわけにはいかない。ぐっと堪《こら》えた。

「おれ、精神異常者扱いされるんだったら、殺人者として裁《さば》いてもらいたいよ。あの女の無神経な言葉はいまも腹が立つけどさ、人殺しは人殺しだからね。それなりの罰は受けないと……」

「きみの考えは正しいと思う。しかし、いったん家裁が審判を下した事件だから、精神鑑定のやり直しは難しいかもしれない」

「けどさ、いんちきな手を使って刑罰を免れたら、一生、おれは重い十字架を背負わされることになるんだぜ。そんなの、耐えられないよ」

「とにかく、夫馬教授に会ってみるよ。きみの精神鑑定に不正があったのかどうか確かめることが先決だからな」

「検事さん、よろしくお願いします」

努が深く頭を下げた。

最上は努に礼を言い、ブザーを押した。待つほどもなく、さきほどの担当職員が現われた。努は職員とともに面会室から出ていった。

最上は玄関に向かった。

医療少年院の駐車場に急ぎ、ボルボに乗り込む。あと十分ほどで、午後四時になる。

（M嬢の沙也加って娘《こ》を使って、夫馬を誘《おび》き出そう）

最上は車を発進させ、中央高速道の八王子IC《インターチエンジ》に向かった。

芝大門のミニ・マンションに着いたのは、およそ五十分後だった。最上はボルボを路上に駐《と》め、三階建てのマンションの敷地に足を踏み入れた。

集合郵便受けで、一〇一号室のネーム・プレートを確かめた。中森《なかもり》という姓しか掲《かか》げられていない。

最上は一〇一号室の前に立った。

窓から電灯の光が洩れている。テレビの音声も小さく聞こえた。

最上はサングラスをかけてから、部屋のインターフォンを鳴らした。

ややあって、スピーカーから若い女の声が響いてきた。

「どなたですか？」

「沙也加ちゃんかい？」

「はい、そうです」

「東門会の者だ。六本木の秘密クラブが手入れを受けたんだ。で、店で働いてる娘《こ》たちと口裏を合わせておきたいと思ってさ。ほんの五、六分でいいんだ。ドアを開けてくれねえか」

最上は、もっともらしい嘘をついた。

少しすると、玄関ドアが細く開けられた。顔を見せたのは、沙也加だった。ざっくりとした太編みの白いセーターに、下は黒いスパッツという身なりだ。

最上は室内に躍《おど》り込み、すぐにドアの内錠を掛けた。

「あっ、何をするの!? なんでフックを押したのよっ」

「大声を出すな」

「あなた、ほんとうに東門会の人なの？ そうじゃないんでしょ。いったい誰なのよっ」

沙也加が声を張った。

最上は、夫馬の車の中から盗み出したミニ・アルバムを上着のポケットから取り出した。ミニ・アルバムを開くと、沙也加が口に手を当てた。円《つぶ》らな瞳は凍りついていた。

「この写真は、夫馬靖春が撮《と》ったんだな？」

「そうだけど、なんであなたが持ってるわけ!?」

「夫馬のジャガーのグローブ・ボックスに入ってたんで、無断で拝借したのさ。ちょっと上がらせてもらうぜ」

最上は靴を脱いで、部屋の奥に進んだ。

間取りは1DKだった。ダイニング・キッチンは六畳ほどのスペースで、トイレや浴室と接していた。

奥の洋室は、八畳ほどの広さだ。

窓際にシングル・ベッドが置かれている。最上はダイニング・キッチンの隅に置かれたテレビの電源を切った。

「あたしの写ってる写真を売りつけにきたんでしょ」

　沙也加が言った。

「おれは、ごろつきじゃない。奥の寝室に行こうじゃないか」

「あたしの体が狙いなの!?」

「黙って寝室に入って、パンティ一枚になるんだ」

「やっぱり、あたしを犯す気なのねっ」

「勘違いするな。きみに下着だけになれと言ったのは、逃げられたくないからだ。ほかに理由はない」

「ほんとなのね？」

「ああ。言う通りにしないと、少々荒っぽいことをするぞ」

「殴られたって、あたしは平気よ。男に乱暴に扱われると、あたし、大事なとこがうずうずしてくるタイプなんだから」

「そうか、きみはマゾだったんだな。嬲《なぶ》るのは逆効果ってわけだ」

　最上は苦笑した。

「そっちの狙いがはっきりわかれば、パンティだけになってもかまわないわ」

「わかった。それじゃ、こっちの目的を言おう。おれは夫馬に直《じか》に訊《き》きたいことがあるだけなんだ」

「つまり、あたしを囮《おとり》にして、先生を誘《おび》き寄せるって筋書きなのね？」

「そういうことだ。協力してくれるか？」

「いいわ。面白そうだから、協力しちゃう」

沙也加は言葉に節《ふし》をつけて言い、寝室に入った。ベッドの横に立ち、手早くセーターとスパッツを脱いだ。

レースの黒いパンティだけになると、彼女はベッドに浅く腰かけた。乳房を隠そうともしない。

「夫馬の携帯のナンバーは知ってるな？」

「うん、知ってるよ。先生をあたしの部屋に誘い込めばいいわけ？」

「そうだな、そうしてもらおうか。どうしても自分の部屋でＳＭプレイを愉《たの》しみたくなったとでも言って、夫馬をここに誘い込んでくれ」

最上はそう言い、自分のポケットフォンを沙也加に貸し与えた。沙也加は、すぐにタッチ・コール・ボタンを押しはじめた。

電話がつながった。

沙也加は甘え声で、夫馬を巧《たく》みに部屋に誘い込んだ。遣《や》り取りは数分で終わった。

「先生、三十分前後で来るって。病院からメスや鉗子《かんし》をこっそり持ち出すから、それでたっぷりいじめてやるって言ってた。あたし、ぞくぞくしてきたわ」

「マゾっ気があることを自覚したのは、いつごろなんだ？」

「小二のときね。好きになった男の子に擦《す》り寄るたびに、彼、あたしの腕をつねったり、お尻を蹴ったの。痛みは感じるんだけど、同時に快感も覚えちゃったのよね。それから、両親の影響もあったんだと思うわ」

「両親の影響？」

「そう。あたしの父は酒乱気味で、よく母を殴ったり、蹴飛ばしたりしてたの。でも、母が泣くと、急にうろたえて、今度はとっても優しくなるのよ。そして、夫婦喧嘩のあとは必ず両親は愛し合ったの。父は母をガラス細工のように大事そうに撫で回して、クンニには長い時間をかけてた。足の指をしゃぶったり、お尻の穴も舐めてたわ。母は鼻にかかった声で、何度も父の名を呼んでた」

「まるで覗き見してたような言い方だな」

「覗いてたのよ、襖《ふすま》を少し開けてね。でも、両親はそれに気がつかないで、上になったり下になったりしてた」

「悪い子だな」

最上は笑って言い、右手を差し出した。

沙也加が携帯電話を最上の掌《てのひら》に載せた。最上はポケットフォンを懐にしまった。

「あなた、女をいじめたことは？」

「おれには、そういう趣味はないよ」

「ノーマルなのね」

「夫馬の嬲り方は凄まじいのか？」

「ええ、迫力満点よ。先生、いろいろ抑圧されてるみたいね。スーパーSよ。いまに、牛刀か何かで女の首を刎《は》ねちゃうんじゃないかしら？」

沙也加の口調は、あっけらかんとしていた。彼女もスーパーMなのかもしれない。

「夫馬と過激なSMプレイを演じさせてやりたいとこだが、きょうは我慢してくれ。きみは、ここでおとなしくしてるんだ。いいな！」

最上は寝室を出た。

だが、ドアは開け放ったままだった。

ダイニング・テーブルに向かって、煙草をくゆらせはじめる。二十分が経過したころ、最上は沙也加に素肌にガウンをまとわせた。

「部屋のインターフォンが鳴ったら、きみがドアを開けるんだ」

「いいわ」

「夫馬に余計なことを喋ったら、きみらのアブノーマルな趣味が世間に知られることになるぜ」

「先生には何も言わないわ」

沙也加がそう言い、椅子に腰かけた。

最上は玄関ホール脇の短い廊下に身を潜《ひそ》めた。それから六、七分過ぎたころ、部屋のインターフォンが鳴った。

来訪者は夫馬だった。沙也加が短く応答し、玄関のドアを開けた。

「沙也加も嫌いじゃないな。淫乱な娘は、うーんとお仕置きしてやらんとね」

夫馬がはしゃぎ声で言い、玄関マットの上に上がった。最上は前に踏み出し、夫馬の首に手刀《しゅとう》打ちを浴びせた。夫馬が呻いて、その場に頽《くずお》れた。

最上は夫馬の背後に回り込み、右腕を肩の近くまで捩《ねじ》り上げた。

「先生にあまり乱暴なことはしないで。先生は、いじめるほうなんだから」

「きみは寝室に戻るんだ」

「わかったわ」

沙也加が奥の洋室に向かった。

最上は夫馬を摑み起こし、ダイニング・キッチンまで歩かせた。

「き、きみは何者なんだ!?」

夫馬の声は震えを帯びていた。最上は返事をしなかった。夫馬の右腕を捩り上げたまま、椅子に坐らせた。

「金なら、くれてやる。押し込み強盗なんだろ？」

「人を見くびるな」

最上は空いている左手で上着のポケットからミニ・アルバムを抓《つま》み出し、無作為にページを開いた。夫馬の顔の前だった。

「こ、この写真は……」

「あんたのジャガーのグローブ・ボックスの中に入ってたミニ・アルバムさ。撮影者があんたであることは、六本木の秘密SMクラブで働いてる中森沙也加が認めてる」

「わたしにミニ・アルバムを買い戻せってことなんだな。いくら出せばいいんだ?」

「慌《あわ》てるな。おれの狙いは金じゃない。ここに押し入る前に、おれは医療少年院にいる秋吉努に会ってきた」

「えっ」

「そこまで言えば、もう察しはつくはずだ」

「いや、わからんな」

「とぼけやがって。あんたはワールド・ツーリストの社長だった秋吉満に頼まれて、女子大生を強姦して殺害した努の精神鑑定を故意に捩曲《ねじま》げた。およそ一年前のことだ。犯行時に心神耗弱とされた努は刑事罰を免れ、八王子の医療少年院送りになった。どこか間違ってるか?」

「わたしは秋吉などという人物は知らない」

夫馬が答えた。

最上は片方の目を眇《すが》め、夫馬の右腕の関節をぎりぎりまで捩り上げた。夫馬が涙声で痛みを訴えた。

「もっと粘る気なら、関節を外しちまうぞ」

「秋吉社長とは赤坂の秘密カジノでよく顔を合わせてたんだ。彼は、わたしの私生活の弱みをちらつかせて……」

「弱みというのは、東門会が仕切ってる赤坂の『ブラック』や六本木の秘密SMクラブに出入りしてることだな？」

「そ、そうだよ。うう一っ、痛い！　少し力を緩《ゆる》めてくれないか」

「話をつづけるんだっ」

「秋吉はレイプ殺人をやってしまった息子を精神障害者と鑑定しなかったら、わたしの乱れた私生活を暴《あば》くと脅しをかけてきたんだ。それで、わたしは仕方なく犯罪心理学者に鼻薬を嗅がせて、秋吉努は犯行時には心神耗弱状態だったと虚偽の鑑定をしてしまった」

「謝礼にいくら貰ったんだ？」

最上は訊いた。

「わたしは欲しくなかったんだが、秋吉は現金で二千万円を持ってきたんだ。金を突き返したら、あとで面倒なことになると思ったんで、一応、受け取ったんだよ」

「あんたが受け取った金は、それだけじゃないんだろうが」

「き、きみ、それはどういう意味なんだ？」

「あんたは努を精神障害者にしてやったことで、逆に秋吉の大きな弱みを握ったことになるよな。恩着せがましいことを言って、秋吉から約十五億の巨額を脅し取ったんじゃないのか？　そして、そのあと殺し屋《プロ》に秋吉を始末させたんじゃないのかっ」

「ばかなことを言うな。わたしは巨額なんか脅し取ってないし、秋吉も殺させてない」

「嘘じゃないなっ」

「もちろんだ」

　夫馬が言った。

「あんたの虚偽鑑定のことは、犯罪心理学専門の大学教授しか知らないのか？」

「そのはずなんだが、秋吉は『ブラック』の常連客の総会屋に息子が刑事罰を免れたのは何かからくりがあるんだろって言われたらしいんだ。それで、彼は少しびくついてたね」

「その総会屋の名は？」

「淀川正行《よどがわまさゆき》という名で、ちょうど五十歳だよ。オフィスは新橋にあるみたいだね」

「そうか。あんた、いつも他人をいじめてるんだから、たまには痛めつけられてもいいだろう」

　最上は言うなり、夫馬の右腕を捩じ切った。関節の外れる音が高く響き、夫馬が椅子から転げ落ちた。

　夫馬の唸り声を聞きつけ、沙也加が寝室から走り出てきた。

「どうしたの？」

「先生を接骨院に連れてってやれ」

最上はミニ・アルバムを折り畳み、玄関に足を向けた。

2

鳩が一斉《いっせい》に舞い上がった。

人の足音に驚いたからだろう。日比谷公園の噴水池のそばだ。

ベンチに腰かけた最上は、つと顔を上げた。

すぐ近くに代貸の亀岡が立っていた。グレイの背広の上に、時代遅れなオーバー・コートを重ねている。白と黒のホームスパンだった。

「亀さん、悪かったな」

「とんでもねえ。若、淀川正行に関する情報をひと通り集めてきやした」

「そいつはありがたい。とりあえず、坐ってくれないか」

最上は言った。亀岡が最上のかたわらに腰かけ、オーバー・コートのポケットからポップコーンの袋を取り出した。

「子供のころ、伝書鳩を飼ってたんでさあ。ここにいるのは土鳩《どばと》ばかりですが、どいつもかわいいね」

「優しいんだな、亀さんは」

「若、からかわねえでくだせえ」

「先に鳩に餌《えさ》をやっちゃってくれ」

最上はセブンスターをくわえた。

亀岡がポップコーンの袋を破いた。その音を聞きつけた十数羽の土鳩が、次々に亀岡の前に集まった。

「仲良く分けるんだぞ」

亀岡がそう言い、抓《つま》んだポップコーンを均等に投げ与えはじめた。それでも貪欲な土鳩は餌を独り占めしようと、近づいてくる仲間たちを威嚇《いかく》する。

「おいおい、欲をかいちゃいけねえよ」

亀岡はわがままな鳩を叱りつけ、ポップコーンをまんべんなく撒《ま》いた。袋が空になると、土鳩は池の方に戻っていった。

「若、お待たせしやした」

「もう気が済んだかな」

最上は短くなった煙草の火を踏み消した。

「総会屋の淀川は十数年前まで、ある右翼団体の幹部だったんですが、なぜか急に脱会しちまったんです。その後、鉄鋼会社やビール会社の与党総会屋になって、株主総会がスムーズに運ぶよう野党総会屋やブラック・ジャーナリストを閉め出す仕事をやってますね」

「東門会とのつながりは?」

「淀川が盃を貰ったという話は聞きませんでしたが、東門会の幹部連中とは親交があるようでさあ。赤坂の『ブラック』って秘密カジノには毎晩のように顔を出してるって話ですが、淀川はブラックジャックとバカラでちょっと遊ぶ程度で、もっぱら常連のリッチマンたちと談笑してるそうです」

「おそらく淀川は、常連客たちの弱みをさりげなく探ってるんだろう。夫馬の話だと、淀川は秋吉が息子のために虚偽の精神鑑定をさせたことを嗅ぎつけた様子だったというからな」

「大手企業二社の番犬をやってるといっても、それほど銭は貰ってねえでしょう。で、淀川は成功者たちの個人的なスキャンダルを種《ネタ》にして恐喝《カツアゲ》をやってんじゃねえですか? それを裏付けるように、淀川は乃木坂《のぎざか》の高級マンションに住んでるんでさあ。新橋の事務所は、ちっぽけですがね」

亀岡がそう言い、紙切れを差し出した。それには、淀川の自宅マンションと事務所の所在地がメモされていた。

「淀川は毎日、新橋の事務所に通ってるのかな?」

「ええ、一応ね。もっともオフィスに顔を出すのは、たいてい午後二時過ぎだそうでさあ」

「そう。事務所のスタッフは何人いるんだい?」

「若い男二人と年配の女を電話番に雇ってるみてえですね」

「淀川の家族構成は？」

「乃梨子《のりこ》という内縁の妻と二人暮らしでさあ。乃梨子は三十四で、元ダンサーだそうです」

「亀さん、淀川の顔写真までは手に入らなかっただろうな」

最上は言った。

「淀川個人の写真は手に入りませんでした。けど、奴が右翼団体に属していたころのスナップ写真は借りてきやした」

「十数年前の写真でも、ないよりはましだ。ちょっと見せてくれないか」

「へえ」

亀岡が上着の内ポケットを探って、一葉のカラー写真を抓み出した。最上は写真を受け取った。

九段の靖国神社の前で、羽織袴姿《はおりはかますがた》の男たちが三人写っている。揃って厳《いか》つい顔つきだ。

「若、真ん中に立ってるのが淀川でさあ」

「ずんぐりとした男だな」

「いまも淀川の体型は、そのころとほとんど変わってねえって話でさあ。どんぐり眼《まなこ》ですから、見りゃわかるでしょう」

亀岡が言った。最上は淀川の顔を頭に刻みつけ、写真を亀岡に返した。

「淀川が秋吉を息子のことで脅して、十五億もの銭をせしめたんですかい？」

「その疑いはあるんだが、まだ確かなことは言えないんだ。おれの推測が正しければ、淀川が殺し屋《プロ》に秋吉を片づけさせたんだろうな」

「若、あっしが淀川をどっかに拉致しやしょうか？」

「おれの手に負えなくなったら、亀さんたちに動いてもらう。それまで、おとなしくしててほしいんだ」

「わかりやした。それじゃ、あっしはこれで……」

亀岡がベンチから立ち上がり、足早に遠ざかっていった。

最上は腕時計を見た。午後三時を少し回っていた。

一服してから、歩いて霞が関の職場に戻る。三階の刑事部に入ると、馬場部長が手招きした。

最上は部長の席まで歩いた。

「次の人事異動で、わたしはいよいよ憧れの特捜部に移れるのかな。部長、その内示なんでしょ？」

「厭味なこと言うなよ」

「外れでしたか。がっかりだな」

「きみ、区検の赤瀬川検事を侮辱したそうだな。区検から抗議の電話があったぞ」

「いまごろになって、抗議の電話があったんですか。赤瀬川君と揉めたのは、もう何日も前ですよ」

「赤瀬川検事は、いったんは水に流そうと思ったんだろう。しかし、胸から屈辱感はなかなか消えなかった。だから、上司に相談したんだろう。彼とどんなトラブルがあったんだね？」

馬場が問いかけてきた。

「彼は功名心から気の小さな五十男を間接的に殺したんですよ」

「殺したって？」

「そうです」

最上は、新宿署の留置場で首吊り自殺をした清水邦光のことを話した。

「その被疑者のことは知ってる。大手広告代理店の部長か何かで、山手線の電車内で痴漢行為をしたんだったかな」

「それは濡衣だったんです。証拠が固まってないのに、担当検事の赤瀬川君は起訴する気になった。そのことが清水の自殺を誘発してしまったんです」

「たとえそうだったとしても、地検の人間が区検の事件《ヤマ》に口出しすべきじゃないな」

「そんなふうに妙なセクショナリズムに捉《とら》われてるから、誤認逮捕や冤罪《えんざい》がいつまでもなくならないんです。たとえ身内でも、勇み足は咎《とが》めるべきでしょう」

「最上君、きみがそんなことを言えるのかね。贈収賄事件の証人に暴力を振るったのは、どこの誰だった？」

「そのことでは反省しましたし、それ相当の処分も受けました。わたしは本部事件係から外されてしまったわけですからね」

「それはそうだが……」

「わたしは相手が区検の検事だからって、居丈高《いたけだか》になったわけじゃないんです。仮に高検の検事がおかしなことをやったとしても、当然、嚙みつきます」

最上は言い募《つの》った。

「もういいよ。区検には、わたしが適当に謝っておいたから、これ以上に問題は大きくならないはずだ」

「上司だからって、勝手に謝ってもらいたくなかったな。これは、あくまでもわたし個人の問題なんですっ」

「わかった、わかった。もう自分の席についてくれ」

部長がうっとうしげに言って、わざとらしく腕を組んだ。取りつく島もない。

最上は馬場を睨みつけ、自分の席に歩を進めた。

五時まで退屈な時間を過ごし、真っ先に退庁した。ボルボに飛び乗り、新橋に向かった。

淀川の事務所は、雑居ビルの二階にあった。

最上は雑居ビルの近くにボルボを停め、淀川の事務所に電話をかけた。受話器を取ったのは、年配の女性だった。

「淀川の大将いるかい？」

最上は、ことさら軽く言った。

「はい、おります。失礼ですが、どなたさまでしょう?」

「ある組織で、大将と一緒だった者《もん》だよ。近くまで来たんで、大将のオフィスにちょっと寄らせてもらおう」

「あのう、お名前をうかがわせていただけませんか」

相手が言った。最上は黙って携帯電話の終了キーを押した。総会屋が事務所にいることがわかれば、それで充分だった。

最上は煙草を一本喫《す》ってから、静かに車を降りた。

雑居ビルに近づいて、出入口が一カ所しかないことを確認した。雑居ビルに駐車場はない。淀川が車で自分のオフィスに通っているとすれば、近くの有料駐車場を利用しているのだろう。

最上はコンビニエンス・ストアで缶コーヒーとサンドイッチを買ってから、ボルボの運転席に戻った。

長い張り込みになりそうだ。いまのうちに、腹ごしらえをしておくことにした。

最上はサンドイッチを頬張り、缶コーヒーを飲んだ。一服してから、本格的な張り込みを開始した。

（事務所に淀川しかいないんだったら、すぐにも総会屋を締め上げてやるんだがな）

最上はもどかしい気持ちだったが、淀川が動きだすのを待ちつづけた。

六時になり、七時を回った。

雑居ビルから淀川が姿を見せたのは、七時四十分ごろだった。総会屋は茶系のスリー・ピースを着込み、黒いビジネス鞄を提《さ》げていた。

（コートを着てないから、近くに自分の車があるんだな）

最上はボルボを発進させ、低速で淀川を追尾しはじめた。

淀川は数百メートル歩き、青空の月極《つきぎめ》駐車場に入っていった。それほど広い駐車場ではなかった。三方は店舗ビルとオフィス・ビルに囲まれていた。

最上はボルボを路肩に寄せた。

淀川は黒いキャデラック・セビルの横で立ち止まった。最上は月極駐車場に走り入った。

砂利が鳴った。

その音で、淀川が振り返った。

「淀川さんだな？」

最上は確かめた。

「ああ。どこかで会ったことがあるのかな？」

「いや、一面識もないよ」

「まさか警察《サツ》の旦那じゃないやね」

「おれは民間人だ。死んだ秋吉満のことで、あんたにいろいろ訊きたいと思ってね」

「おまえ、何者なんだっ。こっちに来るんじゃねえ」

淀川が言いながら、キャデラック・セビルのドアを開け、半身を車内に突っ込んだ。最上は淀川に接近した。

淀川が向き直った。その右手には、リボルバーが握られていた。

スミス&ウェッソンM686だった。銃身部分は銀色で、銃把《グリップ》の両側には茶色の合板が貼られている。

「退《さ》がらねえと、ぶっ放すぞ」

「ぶっ放したら、あんたは千メートルも逃げないうちに取っ捕まるぜ」

「うるせえ」

「撃ちたきゃ撃てよ」

最上は身構えた。

淀川が撃鉄《ハンマー》を起こした。輪胴《シリンダー》がわずかに回った。

「もっと退がれ。退がらねえと、ほんとに撃つぞ」

淀川が引き金《トリガー》に太い指を絡《から》めた。

ちょうどそのとき、背後から何かが飛んできた。と思った瞬間、最上は左腕に灼熱感と痺《しび》れを覚えた。

横倒れに転がってから、銃弾が胸を掠めたことを覚《さと》った。銃声はしなかった。

最上は転がったまま、月極駐車場の出入口を見た。

黒ずくめの男が立っていた。消音器を嚙ませた自動拳銃を両手保持で構えている。サイレンサーの先は、最上に向けられていた。

（危《ヤバ》い！）

最上は横に転がった。

放たれた二弾目は、腰すれすれのところに着弾した。一瞬、心臓がすぼまった。

淀川があたふたとキャデラック・セビルの運転席に乗り込んだ。すぐにイグニッション・キーが回された。

総会屋をみすみす逃《のが》すのは忌々《いまいま》しい。

最上は危険を承知で、半身を起こした。と、黒ずくめの男が三発目の銃弾を浴びせかけてきた。

とっさに最上は肩から転がった。

幸いにも弾は逸《そ》れた。キャデラック・セビルが発進し、最上の真横を通り抜けていった。淀川は大型米国車を車道に出すと、いったん停止した。

消音器付きの自動拳銃を持った男が素早くキャデラック・セビルの助手席に乗り込んだ。

（逃がすもんか）

最上は立ち上がり、月極駐車場を走り出た。

キャデラック・セビルの尾灯は、はるか遠くで瞬《またた》いていた。最上は歯噛みして、ガード・レールを蹴った。

左腕の肉が数ミリ抉《えぐ》り取られたのか、掠り傷がひりついている。最上は傷口を押さえながら、ボルボに足を向けた。

3

残照が弱々しい。

最上は『乃木坂アビタシオン』の近くで張り込んでいた。淀川の自宅マンションは城《シャトー》のような造りだった。

きのう受けた銃創《じゅうそう》は、ごく浅かった。左腕の肉が二ミリほど抉《えぐ》れ、軽い火傷《やけど》を負っただけだった。いまは、もう痛みはない。

最上は腕時計を見た。

間もなく四時半になる。張り込んで、すでに五時間が過ぎていた。

どんぐり眼《まなこ》の総会屋が高級マンションの自室にいることは間違いない。

最上は張り込む前に証券会社の外交員を装い、淀川の部屋のインターフォンを鳴らした。そのとき、当の本人がたまたま応対したのである。

最上は淀川が自宅マンションから現われるまで粘り強く待つ気でいた。

セブンスターをくわえようとしたとき、高級マンションのエントランス・ロビーに一組の男女の姿が見えた。

淀川と三十三、四の妖艶《ようえん》な女だった。女は内縁の妻の乃梨子かもしれない。女はミニチュア・ダックスフントを胸に抱えていた。

淀川は茶色い小型犬の頭を撫でると、集合郵便受けに歩み寄った。メール・ボックスから郵便物の束を取り出して、そのままエレベーター乗り場に引き返していった。

色っぽい女は犬を抱きかかえたまま、表に出てきた。愛犬を散歩させるつもりらしい。

(淀川の内妻を人質にとって、一二〇五号室に押し入ろう)

最上はボルボを降りた。

女はペットを路上に下ろし、ゆっくり歩かせていた。極端に脚の短いミニチュア・ダックスフントは、ちょこまかと歩いている。

最上は、淀川の内縁の妻と思われる女を尾行しはじめた。

女と小型犬は百メートルほど先で横道に逸《そ》れた。最上は歩度を速めた。

脇道に入ると、ミニチュア・ダックスフントは排尿中だった。

最上は走った。女の手からカラフルな引き綱《リード》を引ったくり、小型犬を手前に引き寄せた。

犬がけたたましく吼《ほ》えはじめた。

最上はミニチュア・ダックスフントを抱き上げ、口を塞《ふさ》いだ。

「何をするんですっ」

女が甲高い声で詰《なじ》った。

「荒っぽい真似をして申し訳ない。あなた、淀川正行と同居してる乃梨子さんでしょ？」

「わたしの名前をどうして知ってるの!?」

「やっぱり、そうだったか。淀川は一二〇五号室にいるんだね？」

最上は訊いた。

「あなた、誰なの？」

「淀川のことを調べてる男さ」

「刑事さん？」

「いや、そうじゃない。部屋に戻ろう。淀川と話をしたいんだ」

「うちの亭主は出かけて、もう部屋にはいないはずよ」

「嘘はよくないな。おれはこの目で、淀川が郵便物を手にしてエレベーター乗り場に引き返すところを見てるんだ」

「エレベーターで地下駐車場に降りたのよ。わたしが犬の散歩に出るとき、彼、外出すると言ってたから」

「新橋の事務所に行くと言ってたのか？」

「多分、そうだと思うわ。ね、リッキーを返してよ」

乃梨子が両腕を差し出した。

「この犬は、部屋まで預かる」

「あなた、わたしたちの部屋に押しかけてくる気なの!?」

「どうしても淀川に会いたいんだ」

「困るわ、困るわよ。男性を勝手に部屋の中に入れるわけにはいかないわ。淀川、そういうことにはとってもうるさいの」

「別に部屋であんたと抱き合うわけじゃない。淀川が自宅に戻るまで待たせてもらうだけだ。協力する気がないと言うんだったら、このリッキーとかいう犬の首の骨をへし折ることになる」

「そんなかわいそうなこと、やめてよ」

「どっちを選ぶのも自由だ。早いとこ決めてほしいな」

「わかったわ。あなたの言う通りにするわよ」

「それじゃ、マンションに戻ろう」

最上はミニチュア・ダックスフントを抱いたまま、先に歩きだした。慌《あわ》てて乃梨子が小走りに追ってきた。

二人は来た道を逆戻りし、『乃木坂アビタシオン』の中に入った。

エレベーターで十二階に上がり、一二〇五号室に入る。間取りは3ＬＤＫだが、各室は広かった。専有面積は優に百五十平米はあるだろう。

豪華な居間の隅に、室内用の犬小屋があった。最上はリッキーを犬小屋に閉じ込めた。そのとたん、リッキーが烈《はげ》しく吼えたてはじめた。

「犬をおとなしくさせてくれないか」

「わかったわ」

乃梨子が洒落た檻《おり》に近づき、優しく飼い犬をなだめた。リッキーは、じきに吼え熄《や》んだ。

「躾《しつけ》が行き届いてるようだな」

「もうリッキーには何もしないと約束してちょうだい。この子は、家族みたいなものなんだから」

「ペットをいじめるようなことはしない。淀川を呼び戻す前に、あんたに訊きたいことがあるんだ」

最上は深々としたリビング・ソファに無断で腰かけた。

家具や調度品は、どれも値の張りそうな物ばかりだ。頭上のシャンデリアは眩《まばゆ》いほどだった。

乃梨子は長椅子の背後に立ち、表情を強張《こわば》らせている。元ダンサーだけあって、プロポーションは悪くない。

「淀川は、ワールド・ツーリストの社長だった秋吉満とはつき合いがあったね？」

最上は問いかけた。

「いったい淀川が何をしたって言うのよっ」

「そう興奮しないで、質問に答えてほしいね。どうなんだ？」

「秋吉さんなら何度か、ここに来たことがあるわよ。赤坂の秘密カジノでよく顔を合わせてるって話は淀川から聞いてたけど、そのほかのことは何も知らないわ」

「最近、淀川は急に金回りがよくなっただろう？　あんたに、十カラットぐらいの指輪をプレゼントしたかもしれないな」

「何が言いたいのよっ」

「淀川は秋吉から十五億ほど脅し取ったかもしれないんだ」

「ま、まさか!?　だって秋吉さんとは仲良くここでお酒を飲んでたのよ」

「悪い奴は、たいてい幾つもの仮面を被ってるものさ。淀川は秋吉から脅し取った巨額をどこかに隠してるようだな」

「………」

「淀川が素《す》っ堅気《かたぎ》じゃないことは、あんたもわかってるよな？」

「わたし、仕事のことは何も知らないのよ」

「淀川はキャデラック・セビルの中に、スミス＆ウェッソンM686を隠し持ってた。リボルバーだよ。きのう、おれは新橋の月極駐車場で淀川に撃たれそうになった。淀川にはシュートされなかったが、待ち受けてた殺し屋に狙い撃ちにされたんだよ。おれは左腕に掠り傷を負ったんだ」

「うちの旦那が殺し屋を雇って、あんたを始末させようとしたというの!?」

「そうとしか考えられない。殺し屋は黒ずくめの男だった。そういう奴がこのマンションを訪ねてきたことは？」

「一度もないわ」

「そうか。なら、淀川に直《じか》に訊いてみよう。旦那の携帯のナンバーは？」

「それは……」

乃梨子が言い澱《よど》んだ。

最上は懐から携帯電話を取り出し、すっくと立ち上がった。

「な、何する気なの!?」

「女を殴ったりしたくないが、あんたがあまり非協力的だと、暴力を振るわなければならないな。おれはアメリカ空手という荒っぽい格闘技を心得てるんだ。あんたの顔面に突きを入れただけで、鼻が潰《つぶ》れ、頬骨が砕けることになるだろう」

「いやーっ」

乃梨子がリビングから中廊下に逃げようとした。最上は、すぐに追った。乃梨子の肩口をむんずと掴み、軽く捻《ひね》った。

淀川の内妻は呆気《あっけ》なく仰向けに倒れた。

弾みで、スカートの裾《すそ》が捲《めく》れ上がった。白い内腿《うちもも》が露《あらわ》になった。乃梨子が焦《あせ》ってスカートの裾を押し下げた。

「おっぱいを思いきり蹴ったら、あんたは気絶しちまうだろうな」

最上は威《おど》した。

乃梨子が発条《ばね》仕掛けの人形のように跳《は》ね起き、淀川の携帯電話の番号を口にした。

最上は乃梨子を長椅子に坐らせてから、タッチ・コール・ボタンを押した。ツウ・コールの途中で、電話がつながった。

「淀川だが……」

「新橋の月極駐車場では世話になったな」

「き、きさまは」

「いま、おれは『乃木坂アビタシオン』の一二〇五号室にいる」

「ほんとなのか!?」

淀川の声は掠《かす》れていた。

「あんたの内縁のかみさんは、おれの前で素っ裸で震えてるよ」

「てめえ、乃梨子に何か悪さしたんじゃねえのかっ」

「安心しろ。裸にはしてない。服をちゃんと着て、リビングの長椅子に腰かけてるよ。リッキーは犬小屋の中で不貞寝《ふてね》してる」

「ふざけた真似をしやがって」

「淀川、すぐ自宅に戻れ」

「少し時間をくれねえか。どうしても仕事のことで会わなきゃならない人がいるんだ。六時まで待ってくれ」

「その隙に、きのうの殺し屋《プロ》に連絡して、おれを始末させる気になったな」

最上は、せせら笑った。

「そうじゃねえよ。大事な商談があるんだ。おれはビジネス・コンサルタントもやってるんでな」

「もっともらしいことを言うんじゃない。あんたは総会屋兼恐喝屋だろうが！　秋吉からせしめた十五億ほどの金は、どこに隠してあるんだ？　秋吉を消したのは、きのうの黒ずくめの男なんだなっ」

「そっちは何か誤解してるな。おれは秋吉とは仲が良かったんだ。あの男から銭なんか脅し取るわけねえじゃねえか。もちろん、秋吉を始末してくれって誰かに頼んだこともねえよ」

「その話は、こっちでゆっくり聞いてやろう。六時までは待てない。五時半までに、ここに戻って来るんだっ」

「六時までには帰るよ」

「駄目だ。五時半までに来い。五時半を一分でも過ぎたら、リッキーは殺すぜ。それから乃梨子さんも半殺しにする。その前に、体を穢《けが》してやってもいいな」

「て、てめえ！」

「言うまでもないことだが、丸腰で来るんだぞ。リボルバーを隠し持ってたら、あんたの首の骨をへし折る。妙なお供を連れてきた場合は、リッキーと内妻が犠牲になる」

「リッキーと乃梨子には絶対に手を出すな。五時半までには必ず戻る」

淀川が唸《うな》るように言って、先に電話を切った。

最上は携帯電話を上着の内ポケットに突っ込み、煙草に火を点けた。

五時十分前だった。四十分以内に淀川が帰宅しなかったら、人質の乃梨子を別の場所に移すつもりだ。

「さっき淀川に電話で言ってたこと、ただの威《おど》しなんでしょ？　リッキーを殺して、わたしを半殺しにするって話のことだけど」

乃梨子がおどおどとした様子で問いかけてきた。

「単なる威しと考えるのは甘すぎるな」

「それじゃ、本気で……」

「ああ、もちろんさ」

「お願い、リッキーは殺さないで。その代わり、あなたと寝てもいいわ」

「色仕掛けか」

「淀川に内緒にしてくれるんだったら、わたし、どんなプレイにもつき合ってあげる。長いことダンスをやってたんで、括約筋《かつやくきん》や内腿の筋肉は発達してるの。男性を悦《よろこ》ばせることはできると思うわ」

「せっかくだが、遠慮しておこう」

最上は言った。

乃梨子が曖昧《あいまい》に笑って、カシミアのカーディガンを脱ぎ、ブラウスの胸ボタンを外しはじめた。

「おい、いい加減にしてくれ」

「あなたみたいなタイプ、嫌いじゃないの。ううん、はっきり言うと、好みのタイプね」

「淀川とは、まるっきりタイプが違うはずだがな」

「ええ、そうね。淀川とは好きでくっついたわけじゃないの。しつこく追い回されたんで、つい情《じょう》にほだされちゃったのよ」

「それはとにかく、妙な真似はやめるんだ」

最上は露骨に眉根を寄せた。

だが、乃梨子は聞き入れなかった。ブラウスを脱ぐと、立ち上がってスカートも床に落とした。

ブラジャーとショーツを取り除き、後ろ向きになった。肉感的な肢体《したい》だった。しかし、最上は欲情を催さなかった。

乃梨子が長椅子の背凭《もた》れの上部を両手で掴み、張りのある白い尻をぐっと後方に突き出した。

「後ろから、いきなりでもかまわないわ」

「素っ裸になられたんじゃ、おれも逆《さか》らいようがないな」

「ようやく抱く気になってくれたのね」

「悪女だな、あんたも」

最上はサイド・テーブルの上に置かれた電気スタンドに片手を伸ばし、手早く豆電球を外した。

豆電球を掌《てのひら》の中に握り込み、ソファから立ち上がった。乃梨子の真後ろに回り込み、彼女の両足の位置をいっぱいに開かせた。

「すぐに入って来られそう？」

「ああ、あんたのセクシーな体を眺めてるうちにハード・アップしたよ。秘密の扉を開けてくれ」

「ええ、いいわ」

乃梨子が指先で二枚の花弁を大きく捌《さば》いた。わずかに潤《うる》んでいた。

最上は、乃梨子の体内に豆電球をずぶりと埋め込んだ。

「おれはSサイズなんだよ。悪いな」

「あっ、違う！　な、何を入れたの!?」

「電気スタンドの豆電球に代役をお願いしたのさ」

「ばかにしないでよ」

「男を甘く見ないほうがいいぜ」

「やだ、奥に入っちゃったわ。ね、取ってちょうだい」

乃梨子がうろたえながら、そう言った。

「自分で取るんだな」

「お願いだから、豆電球を取り出して！」

「断る。あんたの体はよく締まるって話だったから、そのうち豆電球が中で破裂するかもしれないぜ」

最上は冷たく言い放って、ふたたび同じソファに坐った。

乃梨子がいまにも泣き出しそうな顔で、脱ぎ捨てた衣類とランジェリーを掻き集めた。それから彼女は蟹股《がにまた》で、奥の寝室に向かった。実にコミカルな恰好《かっこう》だった。

思わず最上は笑ってしまった。

乃梨子は寝室に引きこもったまま、なかなか出てこない。まだ豆電球を取り出せないのだろうか。それとも、すでに取り除き、屈辱感に涙を流しているのか。

リビングの電話機が鳴ったのは、ちょうど五時半だった。

最上は大声で乃梨子を呼んだが、寝室のドアは開かなかった。コール・サインはいっこうに鳴り熄《や》まない。

(気が散るな)

最上は立ち上がって、リビング・ボードに歩み寄った。受話器を取り上げると、男のくぐもり声が耳に届いた。

「淀川さんの代理の者だ。あんた、露木玲奈って美人査察官を知ってるよな?」

「ああ。彼女がどうしたって言うんだ?」

「玲奈を預かったぜ」

「そんな子供じみた嘘に引っかかるとでも思ってるのかっ」

「嘘なんかじゃねえ。いま、あんたの彼女を電話口に出してやらあ」

相手の声が途絶えた。待つほどもなく、玲奈の声が響いてきた。

「僚さん?」

「玲奈、何があったんだ?」

「国税局を出たとき、二人組の男が物陰から飛び出してきて、無理矢理にわたしを車の中に押し込んだの」

「その二人は暴力団員風なのか?」

「ええ、その通りよ」

「そこは、どこなんだ?」

「わからないわ。人気《ひとけ》のない場所よ」

「必ず救《すく》い出してやる」

最上は言葉に力を込めた。

先方の受話器が塞《ふさ》がれ、ほどなく男のくぐもった声が流れてきた。

「すぐに淀川さんのマンションを出な。それが確認できたら、あんたの彼女は自由にしてやらあ」

「そいつは駄目だ。人質の交換ってことなら、取引に応じてもいい」

「露木玲奈が死んでもいいってのかっ」

「同じ脅し文句を返そう。淀川の内妻の乃梨子を殺《や》ってもいいんだな？」

「くそっ、駆け引きする気かよ」

「どうする？」

「仕方がねえ。人質の交換ってことで手を打ってやらあ」

「交換場所は『乃木坂アビタシオン』の玄関前にしよう。マンションの真ん前なら、お互いに下手なことはできない。どうだ？」

「オーケー、わかった」

「何時にこっちに来られる？」

「六時ジャストにしよう。あんたは淀川夫人と一緒に玄関前に立っててくれ。おれたちは車で乗りつけ、露木玲奈を降ろす。淀川さんの奥さんをこっちの車に乗せたら、おとなしく立ち去る」

「わかった」

最上は受話器を置き、寝室に急いだ。

寝室のドアはロックされていた。最上はドア越しに声をかけた。

「豆電球、取り出せたのか？」

「……………」

「返事をしないと、リッキーの首をへし折るぞ」

「リッキーには手を出さないで。豆電球は取り出したわ」

乃梨子が答えた。

「ちょっと状況が変わったんだ。人質の交換ってことになった」

「それ、どういうことなの？」

「淀川が筋者《すじもの》たち二人におれの彼女を拉致《らち》させたんだ。で、あんたと彼女を午後六時にマンションの前で交換することになったわけさ」

「わたし、ここから出たくないわ」

「世話を焼かせると、ほんとうにペットを殺すぞ」

「それだけはやめて！　いま、出ていくわ」

「早くしろ」

最上は急《せ》かせた。

寝室のドアが開けられ、身繕《みづくろ》いをした乃梨子が現われた。最上は乃梨子をリビングの長椅子に腰かけさせ、自分も正面のソファに坐った。

一二〇五号室を出たのは、六時五分前だった。『乃木坂アビタシオン』の前の路上に立ったとき、ブリリアント・シルバーのメルセデス・ベンツが音もなく近づいてきた。スモーク・グラスで、車内の様子はよく見えない。ナンバー・プレートには、黒いビニール・テープが貼ってあった。数字は一字も読み取ることができなかった。

ベンツが停止した。

後部座席のドアが開き、玲奈が転がるように飛び出してきた。

「もう行ってもいいよ」

最上は乃梨子の背を軽く押しやった。乃梨子がベンツの後部座席に乗り込み、急いでドアを閉めた。

ほとんど同時に、ベンツが急発進した。

「僚さん、ベンツを追おう」

玲奈が言って、最上の腕を取った。

「いいんだ」

「でも……」

「きみに怕《こわ》い思いをさせてしまったな。勘弁してくれ」

最上は恋人の肩に腕を回し、ボルボに導いた。

4

雑音《ノイズ》が多くなった。

これでは、とても受信できない。最上はUHF周波数を八百メガヘルツの周辺に合わせた。

すると、広域電波受信機《マルチ・バンド・レシーバー》の音声が鮮明になった。

若い女同士の他愛のない会話だ。どちらも携帯電話を使っているはずだった。UHF八百メガヘルツは、携帯電話の周波数帯である。

(淀川と乃梨子が自宅マンションに戻ってることを祈ろう)

最上はボルボの中から、『乃木坂アビタシオン』を見上げた。

午後三時過ぎだった。人質交換を強《し》いられたのは、昨夕である。

淀川のオフィスの近くには、最上組の亀岡と健が張り込んでいる。亀岡から何度か連絡があったが、淀川は自分の事務所には顔を出していないという。

おそらく内縁関係の夫婦は前夜、都内のホテルに泊まったのだろう。

だとしたら、淀川はそろそろ自宅マンションに戻るか、オフィスに顔を出す時刻なのではないか。

最上は午前中に私立探偵の泊を日比谷のティー・ルームに呼び出し、淀川の居所を探り出すよう頼んだ。まだ猫背のしょぼくれ探偵から一度も連絡はないが、そのうち何か手がかりを摑んでくれるかもしれない。

最上は煙草に火を点けた。

半分ほど喫《す》ったとき、玲奈から電話がかかってきた。

「きのうの夜はマンションまで送ってくれて、ありがとう」

「なあに。それより、ちゃんと眠れたか？」

「ベッドに入って一時間ぐらいは二人組の男に拉致されたときのことを思い出して寝つけなかったんだけど、そのうち急に瞼が重くなってきて、いつしか眠ってたわ」

「それはよかった」

「きょうも『乃木坂アビタシオン』の前で張り込んでるの？」

「ああ」

最上は手短に状況を語った。

「淀川は警戒して、当分の間、自宅にもオフィスにも近寄らないんじゃない？」

「かもしれないが、逆に盲点を衝《つ》かれることもあるからな。で、一応、張り込んでるんだ」

「相手が荒っぽい連中なんだから、油断しないでね」

「わかってる。それより、何か用があったんじゃないのか？」

「ちょっと僚さんに報告しておこうと思って、電話したの。ずっと遅れてた生理が、きょうの朝……」

「そうか」

「ほっとしたことは確かなんだけど、ある種の淋しさも感じて、妙な気持ちなの」

「なんとなくわかるよ」

「こんな話、男性には負担になるだけよね。忘れてちょうだい。とにかく、そういうことだから」

玲奈が早口で言い、電話を切った。

最上はポケットフォンの終了キーを押したとき、何か遣《や》るせない気分になった。玲奈のことはかけがえのない女性と思っているが、彼女と所帯を持つことになるかどうかはわからない。

玲奈が仮に心の奥底では平凡な結婚生活を望んでいるのだとしたら、適当な時期に関係を絶《た》ったほうがいいのかもしれない。しかし、いざそうなったら、自分は冷静でいられるだろうか。

未練をふっ切れずに、酒浸《びた》りになってしまうかもしれない。さりとて最上組の三代目組長としての責任を放棄するわけにもいかないだろう。

（狡《ずる》い考え方だが、先のことは成りゆきに任せよう）

最上は胸底で呟き、広域電波受信機《マルチ・バンド・レシーバー》を手に取った。いつの間にか、女同士のお喋りは終わっていた。

（淀川はNTTか、セルラーの新型デジタル式の携帯電話を使ってる可能性もあるな）

最上は、周波数を一・五ギガヘルツに変えた。中年男と若い女の会話を傍受できた。

どうやら男は、愛人が若い男と浮気をしたことを咎《とが》めているようだ。愛人は男友達と西麻布のクラブで夜通し踊っていただけだと言い訳している。

（個人的な盗み聴きにはかわいげがあるが、国家権力が犯罪捜査に各種の傍受装置を使うのは、やっぱり問題が多いな）

最上は改めて盗聴法の無気味さを感じた。

捜査機関が個人のプライバシーを侵害したら、決して一般市民の信頼を得ることはできないだろう。ことに警察に対する不信感は一層、深まるにちがいない。

（政府は、愚かなことをしたもんだ）

最上はそう思いながら、パトロンと愛人の遣《や》り取りをぼんやり聴いていた。

少しすると、若い女が泣きはじめた。彼女は泣きじゃくりながら、パトロンと別れたいと口走った。

中年男は明らかに狼狽《ろうばい》し、懸命に愛人をなだめはじめた。月々の手当を倍額にするから、別れないでくれと哀願した。

愛人はたちまち機嫌を直し、パトロンの巧みなベッド・テクニックを誉めはじめた。それから間もなく、二人の会話は終わった。

（この世は、男と女の化《ば》かし合いだな）

最上は薄く笑って、広域電波受信機《マルチ・バンド・レシーバー》の音量を少し絞った。淀川が自宅のコードレスフォンか自動車電話を使う可能性もなくはない。

最上は先《ま》ず周波数をUHF三百八十メガヘルツに変えた。コードレスフォンの周波数帯だ。数十分経っても、淀川の声は洩れてこない。携帯電話、コードレスフォン、自動車電話の周波数はそれぞれ異《こと》なる。

次にチューナーを八百七十メガヘルツに移した。自動車電話の周波数帯である。近くを走行中の車から断続的な会話が飛び込んできたが、淀川の声は流れてこない。

最上は四時半まで周波数をめまぐるしく変えながら、盗聴を試みた。しかし、結果は虚《むな》しかった。

最上は広域電波受信機《マルチ・バンド・レシーバー》を助手席の上に置き、新橋にいる亀岡の携帯電話を鳴らした。

「若ですね？」

「そうだ。相変わらず、動きはないようだな？」

「ええ、そうなんでさあ。若のほうは？」

亀岡が訊いた。

「こっちも同じだよ」

「そうですかい。若、総会屋は別荘にでも逃げ込んだんじゃありませんかね？」

「なるほど、別荘か。亀さん、裏社会の人間に淀川が別荘を所有してるかどうか訊いてみてくれないか」

「合点でさぁ」

「それから、張り込みのポジションを替えよう。おれは新橋に向かうから、亀さんたちは乃木坂に来てくれ」

最上は電話を切ると、ボルボを走らせはじめた。

新橋には午後五時前に着いた。淀川のオフィスのある雑居ビルを素通りして、月極駐車場の近くにボルボを停めた。

すぐに最上はポケットフォンを使って、淀川の事務所に電話をかけた。受話器を取ったのは、年配の女性事務員だった。

「わたし、赤坂の『ブラック』の店長ですが、淀川さんと替わってもらえます？」

最上は、もっともらしく言った。

「あいにく淀川はおりません」

「そうですか。淀川さんに直接お目にかかって、報告しなければならないことがあるんですよ。居所を教えてもらえませんかね？」

「それがわからないんです。朝から何度も乃木坂のマンションに電話をしたんですが、自宅にはいないようなんです。携帯電話の電源も切られてるんですよ」

「そちらにも、淀川さんから一度も連絡がないわけ？」

「ええ、そうなんです。こんなことは初めてなんで、とても心配なんです」

「淀川さん、奥さんと別荘にでも行かれたんじゃないの？」

「別荘は所有してないと思いますけど」

「そうでしたっけね。それじゃ、急にご夫妻で温泉場にでも行かれたのかな。わかりました。どうも失礼しました」

「あのう、お名前を教えていただけます？」

相手が慌《あわ》てて言った。

最上は聞こえなかった振りをして、無言で終了キーを押した。

そのすぐあと、誰かが助手席のウインドー・シールドを軽く叩いた。最上は車の外を見た。あろうことか、綿引刑事が立っていた。最上は狼狽しそうになった。綿引は背広の上に、灰色の防寒コートを重ね着していた。両手には、黒革の手袋を嵌めている。

「検事殿、妙な場所で会いますな」

最上は助手席の広域電波受信機《マルチ・バンド・レシーバー》をさりげなくマフラーで覆い隠し、ボルボを降りた。

綿引が意味ありげに言った。

「ほんとですね。路上駐車できそうな場所を探して、この裏通りにたまたま入ったんですよ」

「この通りは、確か路上駐車はできませんよ」

「それじゃ、車を移動させないとな」

「検事殿、何をそんなに焦《あせ》ってるんです？」

「綿引《ワタ》さん、おかしなことを言うなあ。別に焦ってなんかいないのに」

「そうですか。わたしの目には、一刻も早く立ち去りたいというふうに映ってますがね。新橋には、どんなご用でいらしたんです？」

「学生時代の友人と駅前ビルの中にある炉端焼きの店で落ち合うことになってるんですよ、六時にね」

「それでしたら、少し立ち話をしませんか」

「ええ、いいですよ。しかし、寒いなあ」

「検事殿のお車の中に入れていただけると、ありがたいですなあ」

「しかし、ここは路禁《ろきん》なんでしょ？」

「そうです。ですが、あなたは東京地検、わたしは警視庁の人間です。交通巡査のミニ・パトが入ってきても、別に問題はないでしょ？」

「ええ、まあ」

「それとも、わたしをボルボの中に入れたくない理由《わけ》がおありなんですか？」

「綿引《ワタ》さんの言葉には、いろいろ含みがあるみたいだなあ。といっても、別に思い当たるようなことはありませんがね」

「そうですか」

「冷え込んできましたから、車の中で話をしましょう」

最上は運転席に入り、広域電波受信機《マルチ・バンド・レシーバー》をマフラーごと後部座席に移した。綿引が助手席に坐り、ドアを閉めた。

「車内《ワタ》は天国だな」

「綿引さんは、特捜本部事件の聞き込みか張り込みをやってたんですね？」

「新宿署の帳場は、きのうの午後に解散になりました。犯人《ホシ》が自首してきたんですよ」

「そうだったのか。それは知らなかったな。それじゃ、新橋には私的な用事で来られたんですね？」

最上は探りを入れた。

「いいえ、違います。公務ですよ。総会屋の淀川正行の事務所が、この近くの雑居ビルの中にあるんです」

「その男は、どんな犯罪《ヤマ》を踏んだんです？」

「淀川は各界著名人の息子や孫が引き起こした未成年犯罪を種《ネタ》にして、夏ごろから数々の恐喝を働いた疑いがあるんです。実は新宿署の特捜本部事件の捜査に取りかかる前から、淀川をマークしてたんですよ」

「少年犯罪を恐喝材料にしてたってことは、加害者の実名をすっぱ抜くとでも脅して、父親や祖父から口留め料をせしめてたんですか？」

「ええ、その通りです。推定被害総額は六十億円を超えてるでしょう。大物財界人の内孫の高校生が覚醒剤の幻覚に悩まされて、通りすがりの男女を八人も刃物で傷つけたんです」

「その事件は、八月の中旬に渋谷のセンター街で起こったんでしたね？」

「そうです。大物財界人は孫の実名が報道されることを恐れて、淀川の銀行口座に十億円も振り込んでます。むろん、振込人の名前は架空名義でした」

「口留め料が十億か」

「元首相の超大物政治家は家出した孫娘がチンピラやくざと大麻を密売してる事実を淀川に知られて、やはり架空名義で五億円の口留め料を払ってます。日本画家の大家、有名作家、茶道の家元なども倅《せがれ》や孫の不始末を握られて、それぞれ巨額を脅し取られてるんです」

「未成年犯罪の加害者の氏名が外部に漏れたってことは、淀川という男は警察か法曹界の人間を抱き込んで……」

「そう考えられます」

「淀川という男、ただの総会屋じゃないようだな。少なくとも、バックに大物がついてるんでしょうね？」

「わたしも、そう睨んでいます。検事殿、こちらは手の内をお見せしたんです。そちらも、情報を提供してくれませんか」

綿引が前を向いたまま、抑揚のない声で言った。

「何を言ってるんです？　言ってる意味がおれには理解できないな」

「最上検事殿、わたしは見てたんですよ」

「何を見たって言うんです？」

「あなたは昨夕、『乃木坂アビタシオン』の前で張り込みをされてた。蛇足ですが、一二〇五号室の居住者は淀川正行です」

「おれは、そんな所には行ってない。きのうは、午後八時ごろまで職場にいましたよ。なんでしたら、菅沼君に確かめてもらってもかまいません」

「喰えないお方だな。それでは、ついでに申し上げましょう。あなたは淀川の内縁の妻の乃梨子からペットの小型犬を取り上げ、マンション内に強引に入られた。わたしは、そこまで目撃してるんです」

「綿引《ワタ》さんは、おれとよく似た男を見たんでしょう。おれは、絶対に乃木坂には行ってませんよ」

最上は内心の狼狽を隠して、努めて平静に言った。

「あなたは射殺された秋吉満をマークされてた。秋吉の息子は現在、八王子の医療少年院に入ってます。秋吉努は一年ほど前に女子大生を強姦した上、殺害してしまった。努を心神耗弱と鑑定したのは、京陽医大の教授で附属病院の夫馬ドクターです。秋吉満、夫馬、淀川には接点があります。三人とも東門会が仕切ってる赤坂の秘密カジノの常連客です。検事殿、淀川は、秋吉や夫馬からも金をせびってたんでしょ？」

「なぜ、そんなことをおれに訊くのかなあ」

「あなたなら、そのあたりのことをご存じではないかと思ったわけです」

「綿引《ワタ》さんは何か勘違いしてるな。おれは淀川とかいう総会屋なんて知りませんし、関心も持ってません」

「あなたが誰をどう裁いても、法に触れなければ、とやかく言う気はありません。しかし、私的な断罪には限界があるはずです。あなたは合法すれすれまで悪人どもを痛めつければいい。でも、その先のことは刑事のわたしに任せてくれませんか。わたしも、悪い奴らをのさばらせてはおけない性質《たち》なんです。われわれは手を組めるはずです」

「やっぱり、おれは何か誤解されてるな」

「そこまで、おとぼけになられるのか。残念です。あなたは自分の流儀で正義を貫かれるおつもりなんでしょうが、わたしにも刑事の義務があります」

「おれが何か罪を犯したときは、容赦なく手錠《ワッパ》掛けるって意味ですね？」

「そういうことです。ご友人と愉《たの》しい酒をお飲みください。おかげさまで、体が少し温まりました。ありがとうございました」

綿引が鼻白んだ顔で言い、助手席から降りた。

最上は目礼し、ボルボを走らせはじめた。数百メートル進み、ボルボを路肩に寄せた。

迂闊《うかつ》に淀川の事務所には近づけない。赤坂の『ブラック』に行ってみる気になったとき、携帯電話が懐で打ち震えた。

最上はポケットフォンを取り出した。

「旦那、わたしです」

私立探偵の泊だった。

「淀川と乃梨子の居場所を突きとめてくれたのか？」

「ええ。二人はインターネットの接続業者《プロバイダー》の自宅に匿《かくま》われてました。そのプロバイダーは宮内《みやうち》彰《あきら》という名で、四十一歳です」

「総会屋が接続業者《プロバイダー》と親しかったとは意外だな。淀川と宮内とは、いったいどんな結びつきがあるんだい？」

最上は訊いた。

「残念ながら、そこまでは調べられませんでした」

「で、宮内の自宅の住所は？」

「目黒区中根《なかね》二丁目十×番地です。東横線の都立大学駅から歩いて四、五分の所にあります。門《もん》扉《び》の隙間から、淀川のキャデラック・セビルが見えました」

「あんたを見直したよ。どんな手を使って、淀川の潜伏先を洗い出したんだい？」

「簡単な手品ですよ。『乃木坂アビタシオン』の常勤管理人に防犯ビデオを観《み》せてもらって、淀川の部屋を訪ねた客がいるかどうかチェックしてもらったんです」

「ビデオ・テープに宮内って男が映ってたわけか」

「そうです。目が細くて、額が禿げ上がってる男です。管理人は、エントランス・ロビーで淀川が宮内の名を呼んだのを憶《おぼ》えてたんですよ。それから彼は、宮内にインターネットをやらないかと会社のパンフレットを貰ったことがあると言ったんです。それで、パンフレットを見つけ出してもらったわけです」

「宮内というプロバイダーの会社名は？」

「ゼネラル・ネット・サービスです。オフィスは渋谷区桜《さくらがおか》丘町にあります。わたしは会社に行って、社長の宮内の自宅を教えてもらったんです」

「調査がそんなにスムーズに運んだのに、なんでもっと早く連絡してこなかったんだ？　そうか、情報を高く売りつけたかったんだな？」

「えへへ」

泊が笑った。

「図星だったか。あんたの浅知恵も無駄骨を折っただけだな」

「旦那、まさか只働きってことじゃないでしょうね？」

「今回はノー・ギャラだ」

「それは、あんまりですよ」

「実刑喰らいたくなったのか？」

「冗談じゃありませんよ。旦那も、けっこう悪党《ワル》だな」

「仕事で犯罪者たちと接してるんで、自然に悪知恵がついたのかもしれない。とにかく、お疲れさん！」

最上は終了キーを押し、すぐに亀岡に連絡して張り込みを打ち切らせた。

「若、ひとりで宮内の家《ヤサ》に行くのは危険でさあ。あっしらも、中根二丁目に回りやしょう」

亀岡が言った。

「三人で張り込むと、敵に覚《さと》られやすい」

「しかし……」

「無茶はやらないよ」

最上は通話を打ち切って、ボルボを走らせはじめた。

第五章　新法絡《がら》みの陰謀

1

邸宅街に入った。

目黒区中根二丁目だ。閑静な住宅街は、ひっそりとしている。

最上は徐行運転しながら、ルーム・ミラーを仰いだ。綿引に尾行されている気配はうかがえなかった。

最上は胸を撫で下ろし、家々の表札を一つずつ目で確かめはじめた。

それから間もなく、宮内邸を探し当てることができた。敷地が広く、家屋も大きい。多分、宮内が親から相続した不動産なのだろう。

最上は、宮内邸の大谷《おおや》石の塀の際《きわ》にボルボを停めた。

まだ七時前だった。最上は静かに車を降り、宮内邸の門扉の前まで歩いた。車寄せに、淀川のキャデラック・セビルが見える。

総会屋は、接続業者《プロバイダー》の自宅内にいるようだ。

最上は宮内邸に踏み込みたい衝動を抑《おさ》えて、ボルボの中に戻った。

淀川が宮内邸から姿を見せたら、すぐに取っ捕まえる気でいた。最上はエンジンを切って、張り込みを開始した。

車内の空気が瞬《また》く間に冷えた。

門扉の向こう側の塀際に白いシーマが停まったのは、ちょうど八時だった。四十七、八の男が車を降り、宮内邸の門に歩み寄った。

最上は大急ぎで、パワー・ウインドーを下げた。車内に寒風が吹き込んできた。

男は門柱のインターフォンを押した。

ややあって、スピーカーから中年女性の声が流れてきた。

「どちらさまでしょうか？」

「協和金属の知念《ちねん》です」

「どうぞお入りください。主人と淀川さんは玄関脇の応接間におりますので」

「そうですか。それでは、お邪魔します」

知念と名乗った男が門扉を押し開け、邸内に消えた。

最上はパワー・ウインドーを上げた。

協和金属という社名には、かすかな記憶があった。最上は記憶の糸を手繰《たぐ》った。

ほどなく思い出した。協和金属は通信傍受装置メーカーだった。警察は、一セット約三百九十万円の通信傍受装置を六十二セット、協和金属から買い上げている。五十地検に配備されている傍受記録再生機器も、確か協和金属が製造したものだ。

最上はボルボを降り、シーマに近づいた。

万能鍵を使って、手早くドア・ロックを解いた。運転席に滑り込み、車内を見回す。助手席に黒革のビジネス鞄があった。最上は名刺入れを抓《つま》み出し、一枚抜き取った。

電子手帳の類《たぐい》は入っていなかった。

最上はすぐにシーマから出て、自分の車の中に戻った。ルーム・ランプを短く灯《とも》し、盗んだ名刺の文字を読み取った。

知念実《みのる》は、協和金属の技術開発室室長だった。例の通信傍受装置の開発者なのかもしれない。

総会屋の淀川、インターネットの接続業者《プロバイダー》の宮内、通信傍受装置メーカーの技術開発室室長の知念。三人にビジネス上のつながりはないはずだ。

しかし、その三人がちょくちょく会っている様子だ。いったい、どんな接点があるのか。

最上は思考を巡らせはじめた。

どうやら通信傍受法と何か関わりがありそうだ。警察庁はかねがね携帯電話事業者最大手のNTTドコモに、携帯電話の迅速《じんそく》な傍受に必要なソフト開発と関連費用の負担を求めていた。

NTTドコモは新しいソフト開発には、約百億円の費用が必要になると試算した。

それだけの出費を強《し》いられれば、当然、何らかの形で利用者に皺寄《しわよ》せが及ぶことになる。携帯電話の約六割のシェアを占めるドコモとしては、ユーザー離れを避けたいところだ。

同社は、ソフト開発費用の全額負担はできないと回答した。警察庁は重ねてドコモに協力要請をしたが、好転の兆《きざ》しはなかった。

また、ドコモは傍受時に社員を立会人にして欲しいという警察庁の要請に対しては、はっきりと拒絶している。社員が立会人になったら、その者は日常業務をこなせなくなってしまう。一回の傍受令状で、警察は二十四時間態勢の盗聴を丸三十日間行える。新たに令状を取り直せば、無制限に傍受を続行できるわけだ。

そうなったら、立会人にされた電話会社の社員は自分の本来の業務にまったく携われなくなる。そのため、会社は補充社員を雇わざるを得ない。

無人局での傍受には、わざわざ人を派遣する必要が出てくる。人件費の負担もそうだが、通信の秘密を侵すという心理的なプレッシャーもある。

電子メールを傍受する場合に立ち会うことになる接続業者《プロバイダー》も、警察庁の要請には難色を示している。当然だろう。

(しかし、競争社会だからな。この際、警察庁に恩を売っとこうと考える業者が出てきても不思議じゃない)

最上はそう考えたとき、一つの推測が頭に浮かんだ。

六十二セットの通信傍受装置と五十台の再生機器を捜査機関に買い上げてもらった協和金属はプロバイダーの宮内や総会屋の淀川の手を借り、携帯電話の傍受に必要なソフト開発費用の約百億円を工面し、それを警察庁かNTTドコモに提供する気になったのではないか。

しかし、自分たちの才覚では百億円の捻出《ねんしゅつ》は難しい。そこで協和金属の技術開発室室長の知念はプロバイダーの宮内と共謀し、総会屋の淀川を集金マシンに仕立てたのではないか。

淀川は少年犯罪を恐喝材料にして、各界の著名人から六十億円ほど脅し取った。さらにワールド・ツーリストの社長だった秋吉からも、十五億円あまりせしめた。併《あわ》せて約七十五億円だ。

淀川が少年犯罪の加害者の実名を知っていたとすれば、その情報は警察関係者から流れているにちがいない。

知念が自発的にソフト開発費を工面したのではなく、警察庁が相談を持ちかけた疑いが濃い。

警察庁は知念たちが集めた約七十五億円をNTTドコモにこっそり渡し、ソフト開発を急がせ、社員の立ち会いも承認させる気なのか。

（いや、NTTドコモが裏取引に応ずるはずはないな。あの会社はソフト開発費の全額負担を拒絶し、社員を傍受時に立ち会わせることも断ってる）

最上はセブンスターに火を点けた。

約七十五億円は、別の携帯電話会社に流れたのかもしれない。三割のシェアを占めているのは東日本電信電話サービスで、残りの一割はKDフォンが押さえている。

警察庁は業界二位の東日本電信電話サービスに傍受の協力を求めるつもりなのか。

しかし、シェアはわずか三割だ。携帯電話利用者の約六割は、NTTドコモの客である。

それを考えると、やはり警察庁はドコモにこっそりソフト開発費を渡したのか。わからなくなってきた。

(少し危険だが、宮内邸に忍び込もう)

最上は短くなった煙草を灰皿に突っ込み、そっとボルボから出た。

人っ子ひとりいない。最上は小石を幾つか拾い上げ、宮内邸の庭に一つずつ投げ込んだ。

庭に赤外線防犯装置が設けられていれば、センサーが小石に反応するはずだ。しかし、アラームは鳴り響かなかった。最上は周囲に目を配ってから、門扉を押し開けた。ほとんど軋《きし》み音はたたなかった。

最上はそっと門扉を閉め、中腰で家屋に忍び寄った。

ポーチの左手に、応接間らしい部屋があった。厚手のドレープ・カーテンと白いレースのカーテンで、窓は閉ざされている。

最上は外壁に耳を押し当てた。

三人の男の声がかすかに伝わってくるが、話の内容までは聴き取れなかった。あいにく俗にコンクリート・マイクと呼ばれている盗聴器は携帯していなかった。

それがあれば、吸盤型のマイクを壁に当てるだけで、室内の会話は盗聴できる。二万円程度の機種でも、ホテルやマンションの隣室の音声は簡単に拾えるはずだ。

最上は、できるだけ窓に接近してみた。

すると、辛《かろ》うじて話し声が洩れてきた。

「淀川さんには、すっかりお世話になりました。厚くお礼を申し上げます」

「やだな、知念さん。そんなに頭を下げないでよ」

「いえ、いえ。淀川さんがいなかったら、あれだけの大金は工面できません。しかも、あなたの取り分は五億でいいとおっしゃってくださった。ありがたいことです」

「おれは半分本気で、七十五億をスイスかオーストリアの銀行の秘密口座《ナンバード・アカウント》に入れて、乃梨子と高飛びしちまおうかと思ったんだよね。でもさ、そんなことしたら、きっと二人とも殺し屋に消されるにちがいないからね。で、欲を棄《す》てたわけよ。それに、警察に恩を売っといたほうがいいからね」

「淀川さんの選択は賢明だったと思います」

「あんたたち二人も、なかなかはしっこいよ。危《ヤバ》いことはおれにやらせといて、自分たちは関係ないような顔をしてるんだからさ」

「わたしも宮内君も、ちゃんと約束を果たしますよ」

「ああ、ひとつよろしくお願いします。協和金属とゼネラル・ネット・サービスの非常勤役員にしてもらえりゃ、文句ないね。二社の役員報酬を併せれば、年に六千万円になるわけだから、ありがたい話だ」

「そう言っていただけると、こちらも嬉しいですよ」

「わたしも同じ気持ちです」

別の男の声がした。宮内だろう。

「そうそう、例の件はスキャンダル雑誌にデータを渡しといたよ」

淀川がどちらにともなく言った。すぐに知念が口を開いた。

「電磁波があれだけ強いんだと書き立ててくれれば、最大手のシェアは三割前後にダウンすると思います。そうなったら、ランキングは必ず逆転するでしょう」

「あんたらは、頭いいよね。警察と例の会社に恩を売ろうってんだから。宮内さんの会社は年商が飛躍的に伸びそうだな」

「それを期待してるんですがね。ところで、淀川さん……」

「何だい？」

「もう四、五日、奥さんと身を隠してたほうがいいんじゃありません？」

「そうだね」

「この家にずっと泊まっていただいても構わないんですが、わたしの別荘が湯河原《ゆがわら》にあるんですよ。温泉付きです。そちらでご夫婦でのんびりされては、いかがです？」

「湯河原なら、そう遠くないな。それじゃ、そうさせてもらおうか」

「そのほうが寛《くつろ》げると思います。あとで別荘までの略図と鍵をお渡しします」

宮内と思われる男がそう言って、口を結んだ。

ちょうどそのとき、最上は鼻の奥がむず痒《がゆ》くなった。と思ったら、くしゃみが出てしまった。

とっさに口許を押さえたが、一瞬遅かった。

室内の話し声が途切れ、誰かが立ち上がる気配がした。最上は近くの植込みの中に走り入り、急いでうずくまった。

応接間のガラス戸が開け放たれた。

電灯の光が庭先に零《こぼ》れた。

「人影は見えませんね」

宮内の声がして、じきにガラス戸が閉められた。最上は、ひと安心した。

少しすると、また鼻の奥がむずむずしてきた。

最上は足音を殺しながら、宮内邸を出た。ボルボに戻り、二十メートルほど車をバックさせた。

(淀川が湯河原に向かったら、あとを追うことにしよう)

最上は煙草をくわえた。

一服し終わったとき、前方から四十年配の男がやってきた。男は宮内邸の前にたたずんだ。

門灯の光が、男の顔を浮かび上がらせた。毎朝新聞社会部の麻生記者だった。麻生は先日会ったとき、通信傍受法に強く反対している過激派の動きを探っていると言っていた。

宮内の自宅の様子をうかがっているのは、知念たちの陰謀を嗅ぎ当てたからなのか。

最上は車から降り、麻生に声をかけたい衝動を覚えた。

しかし、それは危険な賭けだった。麻生から何か新しい手がかりを得られるかもしれないが、相手に不審がられるだろう。

（大事をとろう）

最上は姿勢を低くした。

麻生は門扉越しに宮内邸をしばらく覗き込んでいたが、やがて来た道を引き返しはじめた。麻生は、どこまで調べ上げているのか。

（明日にでも麻生さんに接近して、それとなく探りを入れてみよう）

最上はそう思いながら、上体を起こした。

そのとき、近くで足音がした。綿引刑事に尾けられていたのか。

最上は緊張しながら、小さく振り向いた。

二つの人影が見えた。亀岡と健だった。

最上は車のドアを開け、亀岡に低く言った。

「亀さん、おれは子供じゃないんだぜ」

「ですが、やっぱり心配になりやしてね。な？」

亀岡が健に相槌《あいづち》を求めた。健が大きくうなずき、小声で問いかけてきた。

「淀川って野郎は、宮内の家《ヤサ》にいたんですね？」

「ああ、いたよ」

「だったら、おれと代貸が家に踏み込んで、淀川を表に引っ張り出しますよ。そのあとは、若にお任せします」

「健ちゃん、気持ちは嬉しいが、余計な手出しはしないでくれ」

「けど、淀川は拳銃《ドウグ》持ってるんでしょ？」

「ああ、リボルバーを持ってるはずだ。しかし、まさか住宅街でぶっ放したりはしないだろう」

「そいつはわかりませんよ。逃げたい一心で発砲するかもしれませんでしょ？」

「そのときは、そのときさ」

「三代目に何かあったら、まずいですよ」

「健、やめねえか」

亀岡が部屋住みの組員の言葉を遮《さえぎ》った。健は何か言いたげだったが、素直に口を噤《つぐ》んだ。

「亀さん、おれのことは心配ないよ。淀川は内縁の女房と一緒に今夜、湯河原にある宮内の別荘に移るようなんだ。おれは二人を尾行して、別荘で淀川を締め上げようと思ってる」

「大丈夫ですかい？」

「淀川が風呂に入ったときにでも、別荘に押し入るよ。総会屋も風呂場にまではリボルバーは持ち込まないだろう」

「ええ、多分ね」

「二人とも根津に帰ってくれ。三人で淀川たちを尾《つ》けたりしたら、かえって目立つからな」

「わかりやした。それじゃ、あっしらは引き揚げやす。若、くれぐれもお気をつけになってくだせえ」

「ああ」

最上は笑顔を返した。

亀岡が健を従えて、足早に立ち去った。代貸たちの俠気《おとこぎ》は嬉しかったが、組員を厄介なことに巻き込むわけにはいかない。

最上は車のドアを閉め、また紫煙をくゆらせはじめた。

宮内邸から額の禿げ上がった男が姿を見せたのは、九時四十分ごろだった。男は宮内にちがいない。

道端に立ち、両手で車を誘導しはじめた。

ほどなくヘッドライトの光が額の禿げ上がった男の全身を照らし、邸内からキャデラック・セビルが走り出てきた。

ステアリングを操っているのは、淀川だった。そのかたわらには、乃梨子が坐っている。

ハンドルは左に切られた。

宮内と思われる男が深々と頭を下げた。淀川の車は徐々にスピードを上げた。額の禿げ上がった男が首を縮め、邸内に駆け戻った。

最上はボルボのエンジンをかけ、ヘッドライトを点けた。

早くもキャデラック・セビルは闇に紛《まぎ》れかけていた。最上は車を発進させた。

二百メートルほど走ると、キャデラック・セビルは丁字路《ていじ》に引っかかっていた。

（追いついたな）

最上は、ほくそ笑んだ。

淀川の車は住宅街を抜け、駒沢通りに出た。最上は充分な車間距離をとりながら、キャデラック・セビルを追尾しつづけた。

時々、ミラーに目をやった。

覆面パトカーに尾行されている様子はなかった。ほかの怪しい車も見当たらない。

淀川の車は環状八号線にぶつかると、右に折れた。玉川通りを横切り、用賀の東京ICから東名高速道路に入った。

最上は追走した。

ハイウェイに入ると、淀川の車はすぐに追い越しレーンに割り込んだ。最上も二台の車を挟んで、右のレーンに移った。

川崎ICを通過して間もなく、キャデラック・セビルが凄まじい爆発音とともに弾《はじ》けた。巨大な火の玉と化した米国車は爆《は》ぜながら、道路の下に落ちていった。

キャデラック・セビルのすぐ後ろを走っていた四輪駆動車が爆風に煽《あお》られ、防護壁に激突した。その後ろのワンボックス・カーは、巧みなハンドル捌きで四輪駆動車を躱《かわ》した。

（知念か宮内がキャデラック・セビルに時限爆破装置を仕掛けたにちがいない）

最上はターン・ランプを灯し、左のレーンに移動した。

2

ニュースの時間が終わった。

最上はカー・ラジオを消した。

昨夜のハイウェイ爆殺事件に関する新しい報道は流されなかった。淀川と乃梨子は即死だったにちがいない。

最上は、西新宿にある協和金属本社ビルの見える場所にボルボを停めてあった。

午後四時過ぎだった。

渋谷にある宮内の会社の近くには、玲奈がいるはずだ。生理休暇をとった彼女に、最上はプロバイダーの張り込みを頼んだのである。

懐で携帯電話が打ち震えた。

最上はポケットフォンを耳に押し当てた。ほとんど同時に、玲奈の声が流れてきた。

「宮内が自らBMWを運転して、どこかに出かけるわ。尾行してみるわね」

「玲奈、わざとBMWを時々追い抜いたりしながら、追尾しつづけてくれ」

「わかったわ。そちらに動きは？」

「知念は社内から一歩も出てこない」

「そう。それじゃ、また後で連絡するわ」

「気をつけてな」

最上は終了キーを押し、すぐに毎朝新聞東京本社に電話をかけた。朝から三度も電話をかけたが、いつも麻生は外出中だった。

電話を社会部に回してもらう。電話口に出たのは、当の麻生だった。

「東京地検の最上です」

「やあ、どうも！　何度か電話をもらったそうだね。それで少し前に、刑事部に電話をしたんだよ。しかし、おたくはいなかった」

「ちょっと外に出てるんです」

「何か急用みたいだね？」

「ええ、まあ。きのうの夜、東名高速の川崎ＩＣ付近で車の爆破事件があったでしょ？　キャデラック・セビルを運転してた総会屋の淀川について、何か情報をいただけないものかと思いましてね」

「どういうことなの？」

「実は、淀川が各界の著名人を脅して巨額を巻き上げてたという投書が刑事部に舞い込んだんですよ。その手紙によると、淀川は著名人の息子や孫が引き起こした未成年犯罪をスキャンダル雑誌にリークし、加害者の実名報道もさせると脅迫して、総額で約六十億もせしめたというんです」

「………」

「麻生さん、淀川をマークしてたんでしょ？」

「なぜ、そう思ったのかな？」

「ある捜査関係者から、その話を聞いたんですよ。昨晩、麻生さんは目黒区中根にある宮内という男の自宅周辺にいたそうですね。淀川は宮内の家にいたという情報も耳にしたんですが、どうなんです？」

最上は空とぼけて、さりげなく探りを入れた。

「事件捜査は警察や検察の領分でしょ？　新聞記者に情報《ネタ》を提供しろというのは、話があべこべだな」

「ええ、確かにね。しかし、本部事件係から外されちゃったんで、警視庁から情報を取り寄せにくいんですよ。といって、六十億円もの恐喝事件をほうっておくわけにはいきません。それで、麻生さんに泣きついたわけです。ご協力願えませんかね？」

「総会屋の淀川が各界の著名人から約六十億を脅し取ったことは、ほぼ間違いない。おおむね裏付《ウラ》けはとれたんだ。そのほかにも、淀川は別の恐喝材料で、ある旅行会社の社長だった男からも十五億円ほど巻き上げてる」

「その被害者の名は？」

「いくらなんでも、そこまでは教えられないな」

「わかりました。それは、自分で調べましょう。それにしても、総会屋が七十五億円も脅し取ったとは驚きだな。淀川の単独犯行とは思えないですね」

「ああ、単独の犯罪《ヤマ》じゃないね。それを裏付けるように、きのうの夜、淀川は内妻と一緒に爆殺された」

「ええ、そうですね」

「車内に手製の時限爆破装置が仕掛けられてたことは、はっきりしたんだ。焼け焦《こ》げたリード線と乾電池が現場で見つかったからね」

「そのことは、マスコミ報道で知りました。黒幕か共犯者が、利用価値のなくなった淀川を始末したんでしょうね？」

「そう考えるべきだろうな」

　麻生が重々しく言った。

「淀川に七十五億もの金を集めさせたのは、いったい誰なんですかね。宮内という人物のことを調べてみたら、インターネットの接続業者だったんです。渋谷にあるゼネラル・ネット・サービスという会社の代表取締役でした。それから、淀川は通信傍受装置メーカーの技術開発室室長ともつき合いがあったようなんですよ」

「その人物は、協和金属の知念室長だね？」

「麻生さんは、そこまで知ってらしたのか。それなら、淀川の黒幕か共犯者の見当もついてるんじゃないんですか？」

「ああ、だいたいの見当はついてるよ。しかし、そこまでは教えられないな」

「何かヒントぐらいは与えてくださいよ」

「ある新法と関わりのある恐るべき陰謀があるようなんだ」

「その新法というのは、通信傍受法のことですね？」

最上は確かめた。

「ま、そんなとこだよ。その陰謀を暴《あば》いたら、世間の連中は、あっと驚くことになるだろうね。だから、命がけのスクープになりそうだ。暴露する前に、下手をしたら……」

「葬《ほうむ》られることになるかもしれない？」

「最悪の場合は、そうなるだろうな。しかし、おれは尻尾《しっぽ》なんか丸めない」

「すでに麻生さんは真相の核心に迫ってるんですね？」

「うん、まあ。しかし、決定的な証拠を押さえてないんだ。これ以上のことは話せないぜ。そう遠くないうちに、おれのスクープ記事が紙面のトップを飾ることになると思うよ。社長賞の金一封を貰ったら、銀座のクラブを一、二軒奢《おご》ろう。それじゃ、また！」

麻生が弾んだ声で言い、先に電話を切った。

最上は、自分の推測がおおむね正しかったことを確認できた。知念と宮内をマークしつづければ、必ず陰謀が透けてくるにちがいない。

最上は携帯電話を上着の内ポケットに戻し、セブンスターをくわえた。

玲奈から電話がかかってきたのは、五時半ごろだった。

「宮内は同業者の会合に出席して、三人のプロバイダー仲間と南青山のスタンド割烹に入ったとこよ。わたしも、その店に入ったほうがいい？」

「あまり大きな店じゃないんだろ？」

「そうね」

「だったら、その店の近くに車を停めて、しばらく張り込んでみてくれないか？」

「了解！」

「宮内は酒を飲む気だろうから、いまのうちに手洗いに行って、ハンバーガーでも買っとくんだね」

「そうするわ」

「スタンド割烹を出たあと、宮内が中根二丁目の自宅に戻るようだったら、そこで張り込みは打ち切ってくれ」

最上はそう言って、ポケットフォンの終了キーを押した。

そのとき、協和金属本社ビルの表玄関から見覚えのある青年が出てきた。

坂巻あずみの同僚と称していた水橋勇だった。水橋は、協和金属という社名の入った書類袋を抱えていた。

（あの男は、あずみと同じ商事会社に勤めてるとはっきり言ってた。それは嘘で、あずみの周辺を嗅ぎ回る人物がいるかどうかチェックしてたのかもしれない）

最上はボルボを降り、水橋を追った。

水橋は新宿駅方面に向かっていた。

最上は水橋の背後に迫り、片腕を強く摑んだ。水橋が驚きの声を洩らし、その場に立ち竦《すく》んだ。

「あんたは、あずみの同僚なんかじゃないなっ」

「ど、同僚ですよ」

「あんたが『目白コーポラス』の坂巻あずみの部屋に行ったのは、彼女のことを嗅ぎ回る人間がいるかどうか確かめたかったからだろうが！」

「なんの話です？　おっしゃってる意味が、ぼくにはわかりません」

「ちょっとつき合ってくれ」

最上は水橋を暗がりに引きずり込み、逆拳で腹部を打った。長身の水橋が呻きながら、膝から崩れた。社名入りの書類袋が地べたに落ちた。

「おたくこそ、坂巻あずみの親類なんかじゃなかった」

「おれのことを調べたようだな」

「ああ、調べたよ。おたくは……」

「最後まで言え！」

「東京地検の検事だよね。名前は最上僚だ」

「あんたは協和金属の社員だなっ」

「………」

「手間をかけさせるなよ」

最上は右脚を高く跳《は》ね上げ、水橋の右肩に踵《かかと》落としを見舞った。

的《まと》は外さなかった。水橋が地面にめり込むように体を縮め、横に転がった。

「技術開発室にいるのか？」

「そ、そうです。もう乱暴なことはしないでください」

「急に、です・ます言葉になったな。ガキのころから勉強ばかりで、喧嘩ひとつしてこなかったんだろ？」

「暴力は苦手なんです」

「ま、いいさ。室長の知念に命じられて、坂巻あずみのマンションに行ったんだな？」

「そうです、そうです。ぼくは室長に目をかけてもらってるんです。だから、言われた通りに動いただけです」

「知念が総会屋だった淀川という男に恐喝をやらせてたことは知ってるな？」

「いいえ、そういうことは知りませんでした。ぼくは知念室長に命じられるまま、坂巻あずみ、城島一穂、秋吉満、夫馬靖春の身辺を嗅ぎ回ってる者がいるかどうか探っただけですよ。あっ、それから淀川さんの身辺をうろついてる人間がいるかどうかも調べさせられました」

「おれのほかに、網に引っかかった奴はいるのか？」

最上は訊いた。水橋は唸るだけで、質問に答えようとしない。

「脳天に踵落としを浴びせなきゃ、口は軽くならないかな」

「やめてください。あなたのほかには、新聞記者がひとり……」

「それは、毎朝新聞社会部の麻生記者のことだな」

「よく知ってますね!?　それから、正体不明の男が淀川さんのことを探ってるようでした」

「正体不明の男か」

最上は綿引刑事の顔を思い浮かべながら、低く呟いた。

「その男は、刑事なのかもしれません。なんとなくそう思ったんです」

「あんたは調べ上げたことを逐一《ちくいち》、知念に報告したんだな？」

「はい、一応ね」

「あんた、知念に時限爆破装置を造れと命じられたことがあるんじゃないのか？」

「そ、そんな恐ろしい指示は受けてません。なぜ、そのようなことを？」

「きのうの晩、淀川が内縁のかみさんと一緒に爆殺されたことは知ってるな？」

「は、はい。けさのテレビ・ニュースで知って、びっくりしました。まさか知念室長が淀川さんの車に時限爆破装置を仕掛けたと疑ってるんじゃありませんよね？」

「知念の仕業《しわざ》と睨んでる」

「それは、あり得ませんよ。室長は淀川さんと仲が良かったんですから」

「知念は総会屋の淀川をうまく利用しただけさ。ご用済みになったんで、おそらく淀川を抹殺したんだろう」

「そんなことはできませんよ、うちの室長は」

　水橋が高く叫んだ。抗議口調だった。

「悪人ほど温厚に見えるもんさ。それはそうと、知念を訪ねてくる携帯電話会社の人間がいるな？」

「会社に、そういう方が見えたことはないと思います」

「それじゃ、外で会ってるんだろう。協和金属は警察庁に六十二セットの通信傍受装置を納入したな？」

「はい」

「窓口は刑事局だな」

「そうです。刑事局長の森本篤人《もりもとあつんど》氏が試作品の段階から熱心に当社の技術開発室を訪ねられて、あれこれ注文を……」

「警察庁の有資格者《キャリア》が直々《じきじき》に足を運んだのか。ずいぶん、熱を入れてるな」

最上は、森本刑事局長の顔は遠目に何度も見ていた。四十六歳の森本は東大法学部出身で、警察官僚の超エリートだ。いずれ警察庁長官のポストに就くだろう。

「知念室長は、通信傍受装置納入の件で森本氏に大変お世話になったと感謝してました」

「で、知念は森本のために、少し汗をかく気になったわけか？」

「汗をかく？　それ、どういう意味なんです？」

「こっちの話だ。それより、知念に余計なことを喋ったら、あんたを刑務所に送り込むぞ」

「待ってください。ぼくは、別に法に触れるようなことは何もしてませんよ。坂巻あずみの同僚だと偽ったりはしましたけどね」

「捜査機関の人間がその気になりゃ、白いものを黒くするのはたやすいんだぜ」

「何かフレーム・アップして、ぼくを罪人に仕立てるってことなんですね？」

水橋が半身を起こした。

「そういうことだ」

「検事がそんなことをしてもいいんですかっ」

「もちろん、よくないさ。しかしな、おれは内偵の邪魔をされたくないんだよ」

「だからって……」

「よく聞け！　おれのことをひと言でも知念に喋ったら、あんたを強姦魔に仕立てるぞ」

「そ、そんな！」

「婦女暴行《ツッコミ》で刑務所にぶち込まれたら、四人仲間に小ばかにされるぞ。それだけじゃない。雑居房の仲間たちのマラをくわえさせられて、毎晩、オカマ掘られるだろうな。それでもいいのか？」

「よくありません。そんな屈辱的な目に遭《あ》わされたら、ぼくは発狂しちゃうでしょう。知念室長には何も言いませんから、ぼくに濡衣なんか着せないでください」

「いまの言葉を忘れるな！」

最上は言い捨て、自分の車に駆け戻った。

それから二十分ほど過ぎたころ、協和金属本社ビルの地下駐車場から白いシーマが走り出てきた。ステアリングを操っているのは、知念だった。

最上は、知念の車を追尾しはじめた。

シーマは甲州街道から新宿通りをたどり、四谷見附を右折した。行先は警察庁なのか。

最上はそう見当をつけたが、知念の車は紀尾井町《きおいちょう》で左に折れた。そのまま、ホテル・オオトモの駐車場に滑り込んだ。

最上もボルボを駐車場に入れた。

知念は早くも車を降り、ホテルの正面玄関に向かっていた。最上は急いでボルボから出て、知念を追った。知念は広いロビーを見回すと、エレベーターに乗った。最上も同じ函《ケージ》に乗り込んだ。

知念は最上階で降り、カクテル・ラウンジに入った。

最上は一分ほど経ってから、カクテル・ラウンジに足を踏み入れた。知念は窓際のテーブル席についていた。

向かい合っているのは、三十二、三の女性だった。服装も髪型も地味だ。二人の間に、親密なムードは漂っていない。

（あの女は、森本刑事局長のメッセンジャーなのかもしれない）

最上は左手に伸びているカウンター席につき、トム・コリンズを注文した。ジンをベースにしたカクテルである。

最上はカクテルを傾けながら、斜め後ろをごく自然に振り返った。ちょうどそのとき、地味な女性が立ち上がった。

手洗いに立ったのか。

そうではなかった。三十二、三の女はカクテル・ラウンジを出ると、すぐにエレベーターの中に消えた。

知念は夜景を眺めながら、紫煙をくゆらせている。森本は別の場所で待っているのか。あるいは、待ち人は別の者なのか。

一服し終えると、知念は腰を上げた。支払いを済ませ、カクテル・ラウンジを出た。

最上はストゥールを滑り降り、大急ぎで勘定を払った。

カクテル・ラウンジを出ると、すでに知念は函《ケージ》の中にいた。ほかに数人の男女が乗っていた。

「すみません、乗ります！」

最上は言いながら、あたふたと下りのエレベーターに飛び乗った。すぐに函《ケージ》の扉が閉まった。

知念は七階で降りた。

少し遅れて、最上も函《ケージ》を出た。知念は七〇七号室のインターフォンを鳴らした。

最上は知念の後ろを通り過ぎ、通路の端まで進んだ。

「森本さん、わたしです」

「知念さんだな。早く部屋の中に入ってくれ」

「失礼します」

知念が七〇七号室に吸い込まれた。

最上は踵《きびす》を返し、七〇七号室の前で足を止めた。ドアに耳を押し当てようとした瞬間だった。

不意にドアが内側に引かれた。

次の瞬間、白い噴霧《ふんむ》が最上の視界を塞《ふさ》いだ。刺激臭がして、瞳孔に鋭い痛みを覚えた。

本能的に退《さ》がろうとしたとき、肩口を強く摑まれて室内に引きずり込まれた。ほとんど同時に、最上は鈍器で頭部を強打された。

脳天が白く霞《かす》み、全身が痺《しび》れた。

最上は唸りながら、床に転がった。すぐに誰かが迫ってきた。最上は目を見開いた。

森本の歪《ゆが》んだ笑顔が見えた。右手に何か缶を握りしめている。催涙スプレーだろうか。

ふたたび乳色の噴霧が迸《ほとばし》った。

最上は息を詰め、瞼を強く閉じた。さきほどの刺激臭はしなかった。花の香りに似た匂いが漂っている。

少しすると、最上の意識は薄らぎはじめた。

催眠スプレーを使われたようだ。眠気に襲われ、体が思うように動かない。ほどなく最上は何もわからなくなった。

それから、どれほどの時間が経過したのだろうか。

最上は意識を取り戻した。

右手の指先がぬめっていた。血糊だった。

最上は跳《は》ね起きた。

少し離れた場所に、知念が俯《うつぶ》せに倒れていた。頭部は血みどろだった。最上のそばには、鮮血に染まった大型スパナが転がっている。焦《あせ》った。

（森本が知念を撲殺して、おれを犯人に仕立てようとしたにちがいない）

最上は知念の顔を覗き込んだ。すでに息絶えていた。まごまごしていたら、警官がやってくる。

最上はハンカチで大型スパナの柄をきれいに拭い、七〇七号室を飛び出した。

一階ロビーに降りたとき、数人の制服警官が駆け込んできた。とっさに最上は、ロビーのソファに坐った。

警官たちがエレベーター・ホールに向かった。最上はホテルの駐車場まで大股で歩き、ボルボに乗り込んだ。

ホテル・オオトモから千メートルほど遠ざかったとき、携帯電話が身震いした。

「僚さん、大変よ。宮内がスタンド割烹を出てBMWに乗り込もうとしたとき、何者かに撃たれたの」

玲奈が一気に喋った。

「それで、宮内は？」

「死んだわ。頭に二発撃ち込まれたの。でも、銃声は聞こえなかったわ」

「犯人の姿は？」

「見てないわ。凄腕の殺し屋か、特殊な訓練を受けた自衛隊員かもしれないわ」

「いや、そうじゃないだろう。宮内を射殺したのは、警視庁の特殊部隊『ＳＡＴ《スペシャル・アサルト・チーム》』のメンバーだろう」

「えっ、『ＳＡＴ《サット》』のメンバーの犯行かもしれないというの!?」

「おそらく、そうだろう」

「何か根拠があるのね」

「ああ」

最上は、ホテル・オオトモでの出来事をつぶさに語った。

「警察庁の刑事局長が僚さんを知念殺しの犯人に仕立てようとしたなんて……」

「森本は、そこまで追いつめられてるってことさ」

「そうなのかもしれないわね。一連の事件の首謀者は森本なのかしら？」

「首謀者かどうかは、まだわからない。それから、携帯電話会社のどこかが森本に協力してることは間違いないだろう」

「ＮＴＴドコモ？」

玲奈が問いかけてきた。

「いや、そうじゃないだろう。殺された淀川は携帯電話最大手の機種は電磁波がきわめて強いという中傷記事をスキャンダル雑誌に載せる手配をしたと知念や宮内に言ってたんだ」

「そういうデマで、最大手のシェアを大幅にダウンさせようって狙いなのね？」

「そういうことなんだろう」

「となると、業界二位の東日本電信電話サービスあたりが怪しいわね」

「そうだな。東日本電信電話サービスのシェアが六割、七割になれば、警察庁はそちらに傍受時の立ち会いを求めるだろう」

「そうなれば、東日本電信電話サービスは業界のトップに昇りつめたことを世間にアピールできるわけね？」

「ああ。社員を立会人にすれば人件費は嵩《かさ》むが、それはたいしたデメリットじゃない」

「ええ、そうね。業界最大手という企業イメージが定着すれば、それこそ大変なメリットだわ」

「その通りだな。おれは、森本と親交のある人物が東日本電信電話サービスにいると睨んでるんだ」

「それ、考えられると思うわ。そうか、知念や宮内が総会屋の淀川に集めさせた約七十五億円はソフト開発費だったのね？」

「ああ、おそらくね。淀川が五億円ほど手間賃として自分の懐に入れたようだから、ソフト開発費に回せるのは約七十億だろうが」

「僚さん、森本刑事局長の交友関係を徹底的に洗ってみたら？」

「そうするつもりだよ。今夜はお互いに塒《ねぐら》に帰ろう」

最上は通話を打ち切り、車を飯田橋に向けた。

3

東大法学部の卒業生名簿を手に取った。

最上は、くわえ煙草で名簿のページを繰《く》りはじめた。知念と宮内が殺された翌日の午前十一時過ぎである。職場の自席だ。

検察事務官の菅沼が東大法学部卒業生名簿と東日本電信電話サービスの社員名簿を集めてくれたのである。

最上は卒業生名簿を半分ほど捲《めく》って、思わず口許を緩《ゆる》めた。森本の同期生に、東日本電信電話サービスの社員がいたからだ。

その人物は、高須薫《たかすかおる》という名だった。最上は卒業生名簿を机上に置き、東日本電信電話サービスの社員名簿を開いた。

四十六歳の高須は販売部長だった。自宅の住所は杉並区下高井戸一丁目になっていた。

(これで、警察庁刑事局長と東日本電信電話サービスがつながったわけだ)

最上は高須の勤務先と自宅の住所を手帳に書き留め、短くなったセブンスターの火を揉み消した。

そのとき、菅沼が近寄ってきた。

「最上検事、お役に立ちました？」

「大いに参考になったよ。ありがとう」

「いいえ、どういたしまして。いったい何をお調べなんです？」

「ちょっとね」

「ここでは話しづらいことなんですね？」

「ま、そういうことだ。機会があったら、きみには説明するよ」

「わかりました」

「菅沼君、もう一つ頼みたいことがあるんだ」

最上は声を潜《ひそ》めた。

「何なんでしょう？」

「警視庁の『ＳＡＴ《サット》』のメンバーの個人情報を入手してほしいんだ。現在、警視庁には六十人の隊員がいるはずだが、全員のデータが必要なんだよ。何かの事情があって、隊を辞めたメンバーを含めてね」

「『ＳＡＴ《サット》』に関するデータなら、綿引刑事にお願いすれば、すぐに提供してもらえるんじゃありませんか？」

「綿引《ワタ》さんには借りをこしらえたくないんだ」

「なぜですか？」

菅沼は訝《いぶか》しそうだった。

「深い意味はないんだ。個人的なことで、綿引《ワタ》さんに煩雑《はんざつ》な思いをさせるのは気がひけるからな」

「そういうことでしたら、別の人に当たることにします」

「悪いが、そうしてくれないか」

「わかりました。ところで、おととい、総会屋の淀川が爆殺されましたね。内偵捜査されてる事件も、いよいよ大詰めを迎えたんでしょうか」

「その話も別の機会に話すよ」

最上はそう言い、卒業生名簿と社員名簿を若い検察事務官に手渡した。菅沼が微苦笑し、刑事部から出ていった。

それから間もなく、最上は自分の席を離れた。

ボルボに乗り込み、警察庁に向かう。警視庁に隣接している警察庁の建物は古くて、かなりみすぼらしい。しかし、警察庁に集まっているキャリアたちが日本の警察を動かしていると言っても過言ではない。

最上は法務省の際《きわ》に車を停め、私立探偵の泊に電話をかけた。

「あんたに小遣いを稼がせてやろう」

「対象者《マルタイ》は何者なんです？」

「東日本電信電話サービスの高須薫販売部長だ」

「会社の所在地と自宅の住所を教えてもらえます？」

泊が言った。最上は手帳を見ながら、質問に答えた。

「高須って部長が接触する人物をチェックしろってことですね？」

「そうだ。ついでに、女性関係も調べてくれ」

「わかりました。とりあえず、これから四谷の東日本電信電話サービスの東京本社に行ってみます」

「経費込みで、一日五万円払ってやろう」

「たったの五万ですか⁉　旦那、それじゃ足が出ちゃいますよ」

「不満らしいな」

「もう少し色をつけてくれませんか」

「あんたに駆け引きする資格があるのかい？」

「旦那、あんまりいじめないでくださいよ。仕方ない、一日五万で泣きましょう」

「泣くだって？　ふざけるな。執行猶予、取り消されてもいいのか？」

「失言、失言でした。経費込みでも、一日五万円はありがたい話です。旦那には、わたし、いつも感謝してるんです。さっそく調査に取りかかりますね」

泊が焦《あせ》って、電話を切った。

最上はラジオのスイッチを入れ、選局ボタンを次々に押した。知念と宮内に関する事件報道を聴きたかったのである。

「繰り返し、お伝えします」

男性アナウンサーが少し間を取り、言い継《つ》いだ。

「昨夜、千代田区紀尾井町のホテル・オオトモで起こった撲殺事件の続報です。犯行現場の七〇七号室を予約したのは、現職の検事とわかりました。また、部屋のドア・ノブからもチェック・インした男性の指紋が検出されました。そのことから、警察は現職検事から事情聴取することになりました。次は火事のニュースです」

「なんてことだ」

最上は声に出して言い、ラジオのスイッチを切った。

昨夜、大型スパナの指紋はハンカチで神経質に拭《ぬぐ》った。しかし、ドア・ノブはそのままにして、部屋を出てしまった。

知念の死体を目にして、気が動転していたのか。それにしても、迂闊《うかつ》すぎた。いまごろ森本は、ほくそ笑んでいるにちがいない。

(奴は、おれの名を騙《かた》って、七〇七号室にチェック・インしたんだな。しかし、そんな幼稚なトリックは通用しない。フロントマンがおれの顔を見れば、チェック・インした人物とは別人だと証言するだろうからな)

最上はそう思ったが、すぐに新たな不安を覚えた。

森本がフロントマンを買収していたら、捜査当局は自分に疑念の目を向けてくるだろう。ホテル・オオトモのカクテル・ラウンジの従業員に顔を憶《おぼ》えられている可能性もある。七階で降りたところをエレベーターに乗っていた人たちに目撃されたかもしれない。

最上は頭の中が真っ白になった。

警察庁ぐるみの陰謀だったとしたら、一介の検事を殺人者に仕立てることなど造作もない。自分が知念の身辺を嗅ぎ回っていた事実を押さえられたら、さらに不利になる。いくら無実を訴えても、起訴されることは間違いないだろう。

任意同行を求められる前に、どこかに潜伏しなければならない。

最上はハンド・ブレーキを解除した。

そのとき、街路樹の陰から男が飛び出してきた。綿引刑事だった。綿引は車道に降り、ボルボの前に立ちはだかった。

（ここで強引に逃げたら、余計に怪しまれるな）

最上は初めて綿引に気づいたような顔をして、笑顔を向けた。

綿引が無表情で助手席側に回り込んできた。最上は助手席側のウインドー・シールドを半分ほど下げた。

「最上検事殿、迷われているようですね？」

「迷う？」

「ええ、そうです。自首するかどうか、ここで迷われているんでしょ? きのうの晩、紀尾井町のホテルで協和金属の知念実技術開発室室長が殺害されました。所轄署は、検事殿に疑いを持ちはじめているようです」

「綿引《ワタ》さん、おれが人を殺すような男に見えます?」

「いいえ、見えません。誰かが検事殿を陥《おとしい》れようとしてるんでしょうね」

「綿引《ワタ》さんが言ったように、おれは罠に嵌められたんだと思う」

「昨夜、検事殿はホテル・オオトモの七〇七号室に入られたんですね?」

「入ったことは入ったんだ。しかし、何者かに催眠スプレーを吹きかけられて、昏睡してしまったんです。意識を取り戻すと、近くに血まみれの大型スパナが落ちてて、床に知念の死体が転がってたんだ。嘘じゃありません」

「わたしは、あなたの言葉を信じます。しかし、状況証拠から検事殿は疑われるでしょうね」

綿引の声には、同情が込められていた。

「汚い奴らだ」

「検事殿、話してもらえませんか。あなたは総会屋の淀川が始末された理由をご存じなんでしょ? そして、とてつもなく大きな陰謀に気づかれた。だから、殺人犯にされそうになった。そうなんですね?」

「なぜ、人殺しの罪を被せられそうになったのかわからないんだ」

「まだ、そんなことをおっしゃってる」

「ほんとなんですよ。知り合いのサラリーマンが痴漢の濡衣を着せられたんで、その事件の裏側を洗ってただけなんです。絵図を画《か》いたのがワールド・ツーリストという旅行会社の社長だった秋吉満ということはわかったんですがね。それから、秋吉と淀川が赤坂の秘密カジノの常連客だということまでは摑んだんだ。しかし、それ以上のことは何も……」

「また、おとぼけですか。いいでしょう、一つだけ教えてください。きのう、ホテル・オオトモの七〇七号室に行った理由は？」

「知念に呼び出されたんですよ、淀川が秋吉を殺害した理由を教えてやると言われてね」

最上は言い繕《つくろ》った。

「ということは、検事殿は知念とお知り合いだったわけですね？」

「そうです。つき合いの内容については個人的なことですので、ご勘弁願いたいな」

「何も喋る気はないというわけですか。検事殿には負けるな。知念殺しの真犯人をご自分で捜すおつもりなら、早いとこ潜伏されるべきでしょうね。なんでしたら、覆面パトでモーテルかリース・マンションまで送りましょう」

「私的なことで、税金を遣《つか》うわけにはいきませんよ」

「それじゃ、ご自分でどこかに潜《もぐ》ってください。検事殿の車を尾行したりしませんので、どうかご安心を！」

綿引がにやりと笑い、ボルボから離れた。

最上はパワー・ウインドーを上げ、車を走らせはじめた。少し考えてから、ボルボを五反田《ごたんだ》に向けた。

五反田のリース・マンションの一室に落ち着いたのは、正午過ぎだった。偽名で部屋を借り、一週間分の室料を前払いした。

間取りは1DKだった。最上はシングル・ベッドに仰向けになり、大きく溜息をついた。逃亡検事という言葉が頭に浮かんだとたん、気分が重くなった。

むろん、いたずらに逃げ回る気はなかった。一日も早く森本の仮面を剥《は》ぎ取って、事件の真相に迫るつもりだ。

ぼんやりと天井を眺めているうちに、いつしか最上はまどろんでいた。

携帯電話の着信音で眠りを解かれたのは、午後四時過ぎだった。ポケットフォンを耳に当てると、菅沼の慌《あわ》てた声が響いてきた。

「最上検事、毎朝新聞の麻生淳一記者が亡《な》くなりましたよ」

「なんだって⁉ それはいつなんだ？」

思わず最上はベッドから起き上がった。

「数十分前です。地下鉄大手町駅の階段から誰かに背中を強く押されて、階段の下まで転がり落ちてしまったようです。即死だったそうです」

「あの麻生さんが死んでしまったなんて……」

「最上検事、いったいどういうことなんでしょう？　麻生記者は取材をしてて、何か知ってはならないことを知ってしまったんでしょうかね？」

「おそらく、そうだったんだろう。で、犯人を見た者は？」

「はっきりと犯人を目撃した者はいないようです。ただ、階段の下あたりにいた二人のＯＬが麻生記者の真後ろに三十歳前後の男がいたと証言してるそうです。そいつは何か慌《あわ》てた様子で、階段を駆け上がっていったというんです」

「おそらく、その男が麻生さんを階段から突き落としたんだろう。人相着衣《ニンチャク》の特徴は？」

「百八十センチ前後の身長で、筋肉質だったそうです。鍔《つば》のある白っぽい帽子を目深《まぶか》に被って、ベージュのダッフル・コートを着てたようです」

「そう」

「例の資料を手に入れたんですが、この春先に『ＳＡＴ《サット》』を脱《ぬ》けた者がいましたよ。堤克二《つつみかつじ》、三十歳です」

「その堤という男は、なぜ脱けたんだ？」

「歌舞伎町で若いやくざたち三人を殴り倒して、大怪我を負わせてしまったんです。それで、堤は懲戒免職になっちゃったんですよ」

「その後は、どうしてたんだ？」

「元上司の世話で警備保障会社に就職したんですが、わずか二カ月で退社してます。その後は何をしているのかわかりません。住まいも不明です」

菅沼が答えた。

（堤という男は、森本と何か接点があるんじゃないだろうか。何かつながりがあるとしたら、消音器付きの自動拳銃を持ってた黒ずくめの男は堤なのかもしれない）

最上は胸底で呟いた。

「検事、堤克二のことをもう少し詳しく調べてみましょうか？」

「ああ、頼むよ。ところで、刑事たちがおれを訪ねてこなかったか？」

「最上検事を直《じか》に訪ねてきた刑事はいませんでしたけど、庁舎の周辺に私服警官らしい男たちが四、五人張り込んでるようです。検事、何があったんです？」

「きのう、ホテル・オオトモで殺害事件があったよな？」

「はい。まさか最上検事が犯人ではないですよね？」

「おれは誰も殺《や》っちゃいない。罠に嵌められたんだ」

「誰が検事に人殺しの罪をおっ被せたんです？」

「おおよその見当はついてるんだが、いまは犯人の名を言うわけにはいかないんだ。そんなわけで、しばらくおれは身を隠す」

「検事は、自力で真犯人を追いつめる気なんですね？」

「そのつもりだよ」

「ぼくにお手伝いできることはありませんか？」

「きみは、堤克二の交友関係を洗ってくれるだけでいいんだ。何かわかったら、すぐに携帯に電話をしてくれ」

「わかりました」

菅沼の声が途絶えた。

最上はベッドから離れ、テレビの電源を入れた。ニュース番組を観《み》るためだった。

4

携帯電話が鳴った。

ちょうど午後八時だった。最上はポケットフォンを耳に当てた。

「旦那、わたしです」

泊だった。

「何か動きがあったようだな？」

「ええ。高須は、いま赤坂の高級中華料理店の個室《コンパートメント》にいます」

「店の名は？」

「『上海楼《シャンハイろう》』です。赤坂三丁目にあります。そうだ、田町通りに面してます。旦那、ご存じですか？」

「知ってるよ、入ったことはないが。高須は誰かと会ってるんだな？」

「ええ。ボーイに五千円札を握らせたら、高須が一緒に飯を喰ってる男の名前をこっそり教えてくれました」

「もったいつけてないで、そいつの名を早く言ってくれ」

最上はもどかしかった。

「森本という男でした」

「警察庁刑事局長の森本と考えてもいいだろう。高須と森本は東大の法学部の同期生同士なんだ」

「そうだったんですか」

「あんた、コンクリート・マイクを持ってるよな？」

「旦那、わたしはプロの探偵ですよ。コンクリート・マイクは、探偵の必需品です。いつも持ち歩いてます」

「あんたは、一般のテーブル席にいるんだな？」

「そうです。高須たち二人のいる個室《コンパートメント》の近くにいます。コンクリート・マイクを使って、二人の会話を盗み聴きしろとおっしゃるわけですね？」

「ああ、そうだ。おれも、すぐ『上海楼』に行く。三十分以内には着くだろう」

「それじゃ、お待ちしてます」

泊が電話を切った。

最上はポケットフォンの終了キーを押し込んだ。数秒後、着信音が鳴りはじめた。今度は菅沼だった。

「最上検事、堤克二の現住所がわかりました。渋谷区西原《にしはら》二丁目三十×番地にある『西原コーポラス』というマンションの二〇三号室です」

「そうか」

「堤がそのマンションを借りたのは六月のことなんですが、森本篤人が保証人になってたんです」

「やっぱり、森本と堤はつながってたか」

「それからですね、庁舎の周《まわ》りをうろついてた私服警官の姿が夕方、一斉に消えました」

「どういうことなんだろう？」

「その理由を知りたかったんで、ぼく、綿引刑事に電話したんです。そうしたら、ホテル・オオトモで発生した殺人事件の犯人が桜田門に自首したというんです。その男は元やくざで、薬物中毒にかかってるという話でした」

「綿引《ワタ》さんは、その男について、どんなふうに言ってた？」

最上は訊いた。

「身替り犯人だろうとおっしゃってました」

「おそらく、そうなんだろう」

「最上検事、いろいろ説明してくれてもいいんじゃありませんか？」

「悪い！　いまは時間がないんだ。これから大急ぎで、ある所に行かなきゃならないんだよ」

「そうですか。ぼく、信用されてないんですね」

菅沼が拗《す》ねた口調で言った。

「おい、なに僻《ひが》んでるんだ」

「だって、そうでしょ？　検事の個人的な捜査のことをぼくがうっかり誰かに喋るんじゃないかと警戒してるから、詳しい話をしてくれないわけでしょ？」

「そうじゃない。追いかけてる事件の全貌が明らかになったら、きみには話す気だったんだ」

「えっ、そうだったんですか」

「菅沼君、ありがとう。そのうち、何か奢《おご》るよ」

最上は電話を切ると、すぐさま部屋を飛び出した。

ボルボで赤坂に向かう。

二十数分で、田町通りに入った。『上海楼』の六、七メートル手前で車を停め、最上は変装用の黒縁眼鏡をかけた。

前髪を額いっぱいに垂らしてから、ごく自然にボルボを降りる。急ぎ足で歩き、高級中華料理店に入った。

店の左側に一般のテーブル席があり、右側に八つの個室《コンパートメント》が並んでいた。店内を眺め回してみたが、泊の姿は見当たらない。

制服姿のボーイが近づいてきた。

「いらっしゃいませ。おひとりさまでしょうか？」

「連れが先に来てるはずなんだがな」

「女性の方でしょうか？」

「いや、五十年配の男だよ」

最上は、泊の特徴を教えた。

「その方でしたら、二十分ほど前にトイレに立たれたようですよ」

「そう。ちょっと様子を見てくる」

「テーブルは、あちらです」

ボーイが個室《コンパートメント》に近い席を手で示した。

最上は礼を言って、奥の手洗いに向かった。男性用トイレに入ると、ブースのドアを内側から蹴る音が響いてきた。くぐもった唸り声も聞こえた。

最上はノックしてから、ドアを開けた。

泊が洋式トイレの便座の上に腰かけさせられていた。両手を白い樹脂製の紐《ひも》で後ろ手に縛られ、排水パイプに括《くく》りつけられている。口は粘着テープで塞《ふさ》がれていた。樹脂製の紐はタイラップと呼ばれているもので、本来は電線や工具を束ねるときに用《もち》いられる。針金並の強度があることから、犯罪者たちは手錠代わりに使っていた。

最上は、まず粘着テープを剥《は》がしてやった。

「誰にやられたんだ？」

「三十ぐらいの登山帽を被った男が背後から不意に組みついてきたんです、わたしが小便し終わったときにね」

「そいつは何か言ったのか？」

「いいえ、何も言いませんでした。黙ってわたしをブースの中に引きずり込んで、あっという間に縛り上げたんです。あの男、徒者《ただもの》じゃありませんね」

「おそらく男は、この春まで警視庁の『SAT《サット》』にいた堤という奴だろう」

「『SAT《サット》』の元隊員が、なんでわたしをこんな目に遭《あ》わせるんです？」

「奴は、あんたがコンクリート・マイクを使って、高須と森本の会話を盗聴してることに気づいたんだろう。堤という男は、森本に雇われた殺し屋《プロ》の疑いが濃いんだ」

「そういうことだったのか。だから、あいつはコンクリート・マイクを奪っていったんだな。旦那、早く縛《いまし》めをほどいてくれませんか。両手首が痛くて痛くて」

泊が急《せ》かせた。

「タイラップの結び目が堅いんだ。もう少し待ってろ。それはそうと、高須と森本の会話は、どこまで盗聴できたんだ？」

「高須はソフト開発費が七十億じゃ足りないと何度も森本に言ってましたよ。それに対して森本は、不足分の数十億は東日本電信電話サービスで都合をつけろと言ってました」

「高須は、どう反応したんだ？」

「東日本電信電話サービスが携帯のシェアを六割以上押さえられる確約があるわけじゃないから、とても自社で三十億の開発費は出せないと……」

「森本は、それに対して、どう答えてた？」

「業界最大手のボロ儲けのからくりを淀川に調べさせてあるから、そのデータをマスコミ全社に流すと言ってましたよ。そうなれば、東日本電信電話サービスが業界のトップになることは間違いないとも言ってました。高須は副社長に相談してみると答えてました」

「そうか。タイラップ、ほどけたぞ」

最上は言って、泊の肩を叩いた。泊が両手を振りながら、便座から立ち上がった。

「高須と森本のいる個室《コンパートメント》はどこなんだ？　案内してくれ」

「はい」

二人はトイレを出た。

泊が指さした個室《コンパートメント》のドアは、大きく開け放たれていた。最上はドアの前まで走り、個室《コンパートメント》の中を覗き込んだ。若いボーイが円卓の皿や小鉢をワゴンに移していた。

「ここにいた二人の客は？」

最上はボーイに声をかけた。

「五、六分前にお帰りになられました。お連れの方だったのでしょうか？」

「うん、まあ。会議が長引いちゃって、ここに来るのが遅くなってしまったんだ」

「そうですか」

「高須さんと森本さん、このあと、どこかに行くようだった？」

「銀座に行かれるご様子でしたが、酒場の名まではちょっと……」

ボーイが申し訳なさそうに答えた。

最上はボーイに謝意を表し、泊のいる場所に戻った。

「高須の自宅の電話保安器にヒューズ型の盗聴器を仕掛けましょうか？　警察庁のキャリアよりも民間人のほうが拉致しやすいと思うんです」

泊が小声で言った。

「あんたがそこまで考えることはないんだ」

「余計なことを言っちゃいましたかね。別に差し出がましいことを言うつもりはなかったんです。旦那には世話になってるんで、何かお役に立てればと思ったわけです」

「あんたの仕事は、もう終わりだ。これで、何かうまいものを喰ってくれ」

最上は泊に五万円の謝礼を渡し、ひと足先に『上海楼』を出た。銃声はしなかった。

ボルボに足を向けたとき、暗がりから銃弾が飛んできた。

最上は身を屈《かが》め、あたりを見回した。

路上駐車中のワゴン車の向こうに、鍔《つば》のある帽子を被った三十前後の男が立っていた。堤克二だろう。

二弾目が放たれた。

弾《たま》は最上の数メートル先の路面に当たり、大きく跳ねた。跳弾は飲食店ビルの袖看板を砕いた。ガラスの割れる音が派手に響いた。

堤と思われる男が身を翻《ひるがえ》した。逃げる気になったらしい。

最上は追わなかった。ボルボに駆け寄り、急いで田町通りから遠ざかった。

赤坂周辺をわざとゆっくりと一巡した。殺し屋を誘《おび》き寄せる気になったのである。しかし、追尾してくる車は一台もなかった。

（それじゃ、作戦変更だ）

最上は代々木上原に向かった。渋谷区の西原は、小田急線代々木上原駅にほど近い。

堤の自宅マンションを探し当てたのは、九時二十分ごろだった。

最上はボルボを裏通りに駐《と》め、『西原コーポラス』まで歩いた。四階建ての賃貸マンションで、エレベーターはなかった。

二〇三号室を見上げる。

暗かった。最上は足音を殺しながら、二階に上がった。

人目がないことを確かめてから、万能鍵で二〇三号室のドア・ロックを外す。

玄関口に滑り込み、すぐさまシリンダー錠を倒した。

電灯のスイッチは入れなかった。

最上はライターの炎で足許を照らしながら、土足で奥に進んだ。間取りは1LDKだった。

黒縁眼鏡を外し、室内を物色してみた。

だが、一連の事件に関わりのある物は何も見つからなかった。部屋の空気は冷え冷えとしている。しかし、エア・コンディショナーを作動させるわけにはいかない。

最上は携帯電話の電源を切り、リビングの長椅子に腰かけた。

スエード・ジャケットの右ポケットには、超小型録音機が入っていた。堤をぶちのめし、口を割らせる気だった。

部屋の主が何時に帰宅するのかは、まったくわからない。場合によっては、堤は外泊するかもしれない。

最上は夜が明けるまで堤を待つつもりだった。

部屋の中とはいえ、かなり寒さが応える。最上は体を揺すりながら、寒気に耐えた。

幾度も煙草を喫《す》いたくなったが、じっと堪《こら》えた。ニコチンの禁断症状が出そうになると、煙草の葉の匂いを犬のように嗅いだ。

最上は、ひたすら待ちつづけた。

玄関のあたりで物音がしたのは、午前零時半ごろだった。最上は長椅子から立ち上がり、仕切りドアの横にへばりついた。

ドアが開閉され、玄関ホールの照明が灯された。スリッパの音がゆっくりと近づいてくる。

足音は、やや乱れていた。堤は酔っているようだ。

居間のドアが開けられた。

部屋の主が電灯のスイッチを入れた。

その瞬間、最上は相手に横蹴りを見舞った。男が床に転がった。

最上は走り寄って、足を飛ばそうとした。

相手の両腕が伸びてきた。最上は軸足《じくあし》を掬《すく》われ、尻餅《しりもち》をついてしまった。

「おりゃーっ」

男が雄叫《おたけ》びめいた声をあげ、最上の体にのしかかってきた。すぐに首を両手で締め上げられた。

凄まじい力だった。

喉が圧迫されて、息ができない。目に涙が溜まった。

「きょうこそ、ぶっ殺してやる！」

男が唸るように言い、馬乗りになりかけた。

最上は相手の鳩尾《みぞおち》に拳《こぶし》を叩き込んだ。男が呻いた。最上は相手を払い落とした。

転がった男がベルトのあたりに手をやった。

最上は相手のこめかみに肘打ちを浴びせた。

骨と肉が鈍く鳴った。最上は跳《は》ね起き、男の腰から消音器付きの自動拳銃を引き抜いた。

ベレッタ92Fだった。イタリア製の高性能拳銃だ。

複列式弾倉《ダブル・コラム・マガジン》には、九ミリ弾が十五発入る。予《あらかじ》め薬室《チェンバー》に初弾を送り込んでおけば、フル装弾数は十六発だ。

最上は靴の先で男の喉笛を潰《つぶ》し、少し退《さ》がった。マガジン・キャッチのリリース・ボタンを押し、手早く弾倉《マガジン》を引き抜く。残弾は五発だった。

弾倉《マガジン》を銃把《グリップ》の中に押し込み、手早くスライドを引いた。薬室に実包が落ちた。

「堤克二だな?」

「自分の名前も忘れちまったよ」

男が歪《いびつ》な笑みを拡《ひろ》げた。

最上は片膝をフローリングの床に落とし、消音器の先端を相手の右の太腿に押し当てた。

「検事にゃ撃てねえだろうが?」

男が余裕たっぷりに言った。

最上は、すかさず引き金を絞った。

発射音は小さかった。空気が洩れ、銃口炎《マズル・フラッシュ》が一センチほど吐かれただけだった。

男が右の太腿を両手で押さえて、体を左右に振った。歯を剝《む》いて、長く唸った。息は酒臭かった。

「次は左の膝頭を砕くぜ」

「堤だ」

「やっと素直になったか」

最上は上着のポケットに片手を突っ込み、超小型録音機の録音スイッチ・ボタンを押した。

「『SAT《サット》』のメンバーも、いまや殺し屋稼業か。おまえは、警察庁の森本刑事局長に雇われたんだなっ」

「…………」

堤は返事をしなかった。

最上は堤の左の膝頭を無造作に撃ち砕いた。

堤が動物じみた声をあげ、床をのたうち回りはじめた。血の雫《しずく》があちこちに飛び散った。

「あと三発ある。両腕に一発ずつ撃ち込んで、最後の一発は頭に喰らわせてやろう」

「や、やめろ。まだ死にたくないっ」

「おまえは森本に頼まれて、まず秋吉満から始末したんじゃないのか？」

「秋吉を殺《や》ったのは、総会屋の淀川だよ。淀川は、秋吉が城島に作らせた十五億円を横奪りしたんだ。それが発覚するのを恐れて、淀川自身が秋吉を始末したのさ。けど、そこまでやることはなかったんだ。秋吉には、大きな弱みがあったからな」

「その弱みというのは、秋吉が夫馬を抱き込んで、レイプ殺人を犯した息子の努を精神異常者と鑑定させたことだなっ」

「そうだよ。ううーっ、痛《いて》え！　気が遠くなりそうだ」

「淀川のキャデラック・セビルに時限爆破装置を仕掛けたのは、誰なんだ？」

最上は問いかけた。

「それは協和金属の知念技術開発室室長だよ。時限爆破装置を製造したのは、接続業者《プロバイダー》の宮内さ」

「知念と宮内を消したのは、おまえなのか？」

「おれが殺《や》ったのは、宮内のほうさ。知念は、森本さん自身が大型スパナで……」

「森本は、おれを知念殺しの犯人に仕立てようとして細工をしたわけだな？　しかし、その後、気が変わって、元やくざを身替り犯人にして自首させた。そうだな？」

「ああ。森本さんはあんたに犯人の濡衣を着せたら、後で綻《ほころ》びが生じると考え直したと言ってたよ。うーっ、血がどんどん流れてる。救急車を呼んでくれ。あんたに撃たれたことは誰にも言わない」

「甘ったれるな。おれの女を拉致したのは、東門会のチンピラどもだな？」

「ああ。あの二人は淀川に雇われたんだ。その件には、おれはノー・タッチだよ」

「おまえはおれを何度か狙撃し損ない、毎朝新聞の麻生記者を大手町の階段から突き落として死なせた。どちらも森本の命令だったんだな？」

「そうだよ」

「麻生記者は、森本と東日本電信電話サービスの高須販売部長との間で交わされた密約の事実を摑んだんだなっ」

「そうらしい。麻生は、森本さんと高須さんの密談テープを持ってると言って、二人に取材を申し込んだというんだ。それで、森本さんたちは麻生を生かしちゃおけないと……」

「その密談テープはあったのか？」

「いや、それが見つからなかったんだ。おそらく、麻生のはったりだったんだろう」

堤が言って、痛みに顔をしかめた。

「森本は淀川に集めさせた約七十億のソフト開発費を東日本電信電話サービスに提供し、警察の傍受捜査に全面的に協力させることを企《たくら》んでた。高須は高須で、自分の会社が携帯電話の最大手になることを望んでたんだろう」

「ま、そういうことだよ。森本さんは大きな手柄を立てて、史上最年少の警察庁長官になることを夢見てたんだ」

「野望を持つこと自体は、別に罪じゃない。しかし、そのために多くの人間を犠牲にしたことは赦《ゆる》せねえな」

「青臭いこと言うなって。森本さんと高須さんのやったことに目をつぶれば、あんた、一生遊んで暮らせるんだぜ。ソフト開発費の中から、五億でも十億でも出させればいいじゃねえか。おれが手を貸してやってもいい」

「生き証人は必要ないんだ。おれの上着のポケットの中で、録音テープが回ってるからな」

「き、きさま！」

「長期入院して、真人間になるんだな」

最上は言いざま、残弾を堤の両腕と腹部に撃ち込んだ。いずれも急所は、わざと外した。死ぬようなことはないだろう。

堤が泣きながら、体を丸めた。

最上はベレッタに付着した指紋と掌紋を神経質にハンカチで拭《ぬぐ》い、長椅子の上に投げ捨てた。ドア・ノブもハンカチできれいに拭って、堤の部屋を出た。

ボルボに乗り込むと、最上は録音テープを巻き戻した。超小型録音機を膝の上に置き、森本の自宅に電話をかけた。

コール・サインが十数回鳴り、当の森本が受話器を取った。

最上は再生ボタンを押し、携帯電話をそっと膝の上に置いた。

エピローグ

レンズの倍率を最大にした。

最上は双眼鏡を目に当てていた。モーター・ボートの中だった。

防波堤の先端に私立探偵の泊が立っている。

鎌倉の腰越《こしごえ》港の外れだ。オーバー・コートの襟を立てた泊は、いかにも寒そうだった。

まだ夜は明けきっていない。

堤に五発の銃弾を浴びせてから、四日が経っていた。

最上は、三日前の正午過ぎに森本と高須の自宅のポストに一巻ずつ堤の告白テープを投げ込んだ。どちらも複製テープだった。

その翌日、最上は二人に電話をかけ、淀川が多数の企業から脅し取った約六十億円を被害会社に返済しろと命じた。森本たちは、言われた通りにした。

返済を確認すると、最上は新たな要求をした。その内容は、淀川が秋吉満から脅し取った十五億円をそっくり吐き出せというものだった。

森本と高須は、淀川が手数料として自分の懐に入れた五億円は差し引いてくれと泣きを入れてきた。だが、最上は取り合わなかった。

二人で五億円を都合しろと命じた。森本と高須は渋々、最上の要求を呑《の》んだ。

こうして、きょう、防波堤の上で十五億円分の小切手と告白テープのマザー・テープを交換することになったのである。

泊は最上の代理人だった。最上は森本たちにマザー・テープを渡す気はなかった。泊が持っているのはダビング・テープだった。

最上はダウン・ジャケットのポケットから携帯電話を取り出し、泊のポケットフォンを鳴らした。

「旦那、やり方が汚いですよ。このわたしを代理人にしたのは、弾除《たまよ》けにしたかったからなんでしょう？」

「ま、そういうことだ。しかし、森本も高須も妙なことは考えないだろう。奴らは致命的な弱みを押さえられてるんだ」

「けど、額面三億円の預金小切手五枚をすんなり差し出すとは思えませんね。きっと森本たちは刺客を差し向けてくるにちがいない。危《ヤバ》いことになったら、わたし、旦那のモーター・ボートに飛び乗りますよ」

「謝礼の一千万、欲しくないのか？」

「そりゃ、欲しいですよ。けど、命は惜《お》しいですからね」

泊が言った。

「だったら、好きにしろ」

「そうさせてもらいます。それはそうと、旦那は十四億九千万円を自分の懐に入れるつもりなんですね？」

「ばかを言うな。おれは現職検事だぞ。金は、退職金を城島に詐取された連中に均等に分配するつもりだ。もちろん、痴漢の濡衣を着せられて自死した博通堂の元部長の遺族にも払う」

「ほんとかなあ」

「あんた、おれの言葉が信用できないらしいな。それじゃ、執行猶予は取り消しだ」

「旦那、もう勘弁してくださいよ。わたし、旦那にいろいろ協力してきたでしょ」

「安心しろ、ただの脅しさ」

最上は小さく笑った。

巨額な口留め料を手に入れたら、五億円は自分が貰うつもりだ。そして泊には約束通り一千万円を渡し、残りの九億九千万円は卑劣な罠に嵌められた元管理職たちに均等に分け与える予定である。

「あと三分で、約束の午前六時ですね。もっと明るくならないと、なんか不安だな」

「おれが近くにいるんだ、そう心配するなって」

「そうですね。あっ、海岸通りに車が停まりました。多分、森本と高須でしょう。旦那、電話切りますよ」

泊の声が途切れた。

最上は携帯電話をジャケットのポケットに突っ込み、ふたたび双眼鏡を目に当てた。

少しすると、堤防に二つの人影が見えた。

森本と高須だった。二人は肩を並べて突端に向かっている。

泊が片手を上げた。

そのとき、モーター・ボートがかすかに揺れた。左舷側だった。

（刺客だな）

最上はシートに上体を倒した。

数秒後、黒いウエット・スーツに身を固めた男が海面から頭を突き出した。その右手には、水中拳銃が握られていた。

ヘッケラー&コックのP11水中ピストルだった。特殊拳銃は電動式で、二百二十四ボルトの電池が使われている。フル装弾数は五発だ。陸上では、七・六二ミリ弾と同じ威力を持つ。

蓮根《れんこん》の輪切りに酷似した水中拳銃の銃口が最上に向けられた。

最上は相手の右手首に手刀《しゅとう》打ちをくれ、P11を捥《も》ぎ取った。ウエット・スーツの男が慌《あわ》てて身を沈めようとした。

最上は、男の右肩に銃弾を浴びせた。電池式だから、銃声は轟かなかった。

気泡が流血を掻き散らした。男は長い足ひれ《ロング・フィン》で海面を強く叩き、頭から海中に潜《もぐ》った。

「森本、ドジな刺客を差し向けたもんだな」

最上は水中ピストルを構えながら、ゆっくりと立ち上がった。

森本と高須が顔を見合わせ、絶望的な表情になった。

「十五億分の小切手を代理人に渡せ」

「きょうは、額面三億円の小切手しか用意できなかったんだ。残りの十二億円は十日以内に渡す」

高須がおどおどした様子で言った。インテリ然とした男で、痩身《そうしん》だった。

「その三億の小切手は手付金ということにしてやろう。ただし、堤の告白テープは渡せないぜ」

「ああ、わかった」

「早く代理人に小切手を渡すんだっ」

最上は強く促《うなが》した。

高須がコートの内ポケットから一枚の小切手を抓《つま》み出し、泊に渡した。

そのすぐあと、森本が懐からニューナンブを取り出した。最上は狙いを定めて、P11の引き金を絞った。

放った銃弾は森本の腹部に命中した。

森本が頽《くずお》れた。ニューナンブはコンクリートの上に落ちた。高須が後ずさった。

泊が素早く輪胴式拳銃《リボルバー》を拾い上げ、撃鉄《ハンマー》を起こした。

「撃たないでくれ。残りの金は必ず払う」

「旦那、どうします？」

「とりあえず、きょうのところは引き揚げよう」

「わかりました」

泊が防波堤の端まで退《さ》がった。

そのとき、森本が気合を発した。

首から血煙が噴き上げた。森本は隠し持っていた刃物で頸動脈《けいどうみゃく》を搔っ切ったらしい。

「森本、なんてことを……」

高須が驚き、倒れた旧友を抱き起こした。

最上の位置からは森本の顔は見えなかった。それを察した泊が告げた。

「刑事局長は痙攣《けいれん》してます。おそらく助からないでしょう」

「そうか」

最上は操縦席に坐り、モーター・ボートを岸壁いっぱいに寄せた。泊が、おっかなびっくりボートに飛び降りた。

降りた弾みで、海に落ちそうになった。最上は泊のコートを摑んで、強く引き戻した。

泊がシートに腰かけたとき、堤防の上から高須の号泣する声が響いてきた。

森本が息絶えたのだろう。高須は森本の名を呼びながら、男泣きに泣きつづけた。

「自業自得ですよね」

泊が、ぽつりと言った。

「ああ、森本を刑務所に送り込んでやりたかったんだがな。小切手と録音テープ、渡してもらおうか」

「旦那、わたしの取り分はいつ貰えるんです？」

「高須から十二億貰ったら、その日に一千万円払ってやる」

「半金でも先に貰えませんかね？」

「駄目だ。早く小切手と録音テープを出せ！」

最上は、ふたたび言った。

すると、泊がニューナンブの銃口を最上の側頭部に押し当てた。

「ここで旦那を殺したら、十五億はわたしのものになるわけですね？」

「欲が出たらしいな」

最上は水中銃のある場所を目で確かめた。手の届く距離だった。

「冗談ですよ」

泊がニューナンブを海中に投げ落とし、額面三億円の小切手と告白テープを最上に渡した。

「きわどい冗談だったな。もう少しで、あんたを水中ピストルで撃《ハジ》くとこだったぜ」

「そうか、旦那は水中拳銃を持ってたんですね。うっかり忘れてましたよ」

「長生きしたかったら、悪ふざけは慎《つつし》むんだな」

最上は小切手と録音テープをダウン・ジャケットのポケットに収めると、モーター・ボートのスターター・ボタンを押した。

エンジンが高く唸りはじめた。


翌日の夜だった。

最上の自宅マンションのインターフォンが鳴った。最上は風呂から上がったばかりだった。トランクス一枚で、缶ビールを呷《あお》っていた。

最上は素肌にガウンを羽織り、玄関に急いだ。

来訪者は綿引刑事だった。

最上は、さすがに動揺した。といって、居留守を使ったら、ますます怪しまれるだろう。

ドアを開けた。

「夜分に申し訳ありません。最上検事殿にご報告しておきたいことがありましてね」

「改まって何なんです？　とりあえず、入ってください」

「失礼します」

綿引が玄関口に入り、後ろ手にドアを閉めた。

いつになく表情が険《けわ》しい。最上は、相手の言葉を待った。

「検事殿は、泊栄次という私立探偵をご存じですね？」

「ええ、知ってます。個人的なつき合いはありませんがね。あの冴《さ》えない探偵屋が何かやったのかな？」

「恐喝未遂容疑で、わたしが泊を逮捕《パク》りました。泊は、東日本電信電話サービスの高須薫販売部長に脅しをかけて、十五億の金を要求したんです」

「冗談でしょ!?」

「いいえ、事実です。高須夫人が知り合いの女性を通じて、極秘にわたしに救いを求めてきたんです。泊は、高須氏の弱みになる録音テープを検事殿に預けてあると供述しています。その点について、ご説明いただけますね？」

「綿引《ワタ》さん、泊の話を真に受けたんですか!?　泊の話は、でたらめですよ。おれは、あの男から録音テープなんか預かってません。お疑いなら、家捜《やさが》ししても結構です」

「それでは、そうさせてもらいます」

綿引が靴を脱いだ。最上はスリッパをラックから抜く真似をして、綿引に強烈な当て身を見舞った。

綿引が玄関マットの上に前のめりに倒れ、意識を失った。

最上は大急ぎで寝室に駆け込み、ナイト・テーブルの引き出しを開けた。堤の告白テープのマザー・テープと複製テープを引っ掴み、ベランダに走り出た。

（森本と高須に届けた複製テープは、どちらも焼却済みに違いない。この二巻のテープが警察に見つからなけりゃ、なんとか切り抜けられるだろう）

最上はベランダの手摺《てすり》越しに二巻の録音テープをマンションの裏庭に投げ落とした。

すぐに玄関ホールに戻ると、息を吹き返した綿引が腰の後ろから手錠を引き抜きかけていた。

「綿引《ワタ》さん、おれに手錠《ワッパ》打つ気なんですか⁉」

「検事殿は、わたしに当て身を喰らわせた。れっきとした公務執行妨害罪です」

「待ってよ、綿引《ワタ》さん！　あなたは靴を脱ぐとき、めまいに襲われたんですよ。で、おれが綿引《ワタ》さんの体を支えようとしたんだ。そのとき、おれの右手が綿引《ワタ》さんの鳩尾《みぞおち》に当たってしまったんです」

最上は弁明した。

「ほう、そうでしたかね」

「そうですよ。おれが綿引《ワタ》さんに当て身を見舞わなきゃならない理由なんかないでしょ？」

「さあ、それはどうですかね。あなたは高須氏の身辺を探ってたんじゃありませんか。それから、昨日の明け方に鎌倉の防波堤で謎の自殺を遂げた警察庁の森本刑事局長のことも調べていた節もあります」

「それは誤解ですよ。おれは両氏とは一面識もないんだから」

「そうとは思えませんがね。とにかく、お部屋の中を検《しら》べさせてもらいます」

綿引が言って、奥に歩を運んだ。

最上はダイニング・テーブルにつき、飲みかけの缶ビールを口に運んだ。

ほとぼりが冷めるまで、高須には接近しないほうがよさそうだ。泊が厳しい取調べにどこまで耐えられるか。それが大きな不安材料だった。

三十分ほど物色していた綿引が近寄ってきた。

「検事殿、わたしが意識を失っている間に何かやられましたね？」

「何かって？」

「ご自分の胸にお訊きください。テープは見つかりませんでした」

「やっぱり、そうでしょ？」

最上は頬を緩《ゆる》めた。

「検事殿、わたしはとても残念です」

「残念？」

「ええ。わたしは、高須氏と森本氏の間に何か密約があったと睨んでたんです。多分、それは通信傍受法に関わりのある事柄だったんでしょう。あなたと一緒に腐ったキャリアを叩き潰そうと考えていたんですがね」

「…………」

「泊は徹底的に締め上げますよ」

綿引が宣言するように言い、大股で玄関に向かった。

最上は煙草をくわえた。ライターを持つ手がかすかに震えはじめた。

この作品はフィクションであり、登場する人物、団体等はすべて架空のものです。

（この作品『猟犬検事　密謀』は二〇〇〇年十二月、勁文社より新書判で刊行されたものです）

一〇〇字書評

切り取り線

本書の購買動機（新聞名か雑誌名か、あるいは○をつけてください）

＿＿＿新聞の広告を見て	雑誌の広告を見て	書店で見かけて	知人のすすめで

住所	
なまえ	
年齢	
職業	

あなたにお願い

この本をお読みになって、どんな感想をお持ちでしょうか。右の「一〇〇字書評」を私までいただけたらありがたく存じます。今後の企画の参考にさせていただきます。

あなたの「一〇〇字書評」は新聞・雑誌などを通じて紹介させていただくことがあります。そして、その場合は、お礼として、特製図書カードを差しあげます。

右の原稿用紙に書評をお書きのうえ、このページを切りとり、左記へお送りください。電子メールでもけっこうです。

〒101-8701 東京都千代田区神田神保町三―六―五
九段尚学ビル　祥伝社　☎（三二六五）二〇八〇
祥伝社文庫編集長　加藤　淳
bunko@shodensha.co.jp

祥伝社文庫

上質のエンターテインメントを！　珠玉のエスプリを！

祥伝社文庫は創刊15周年を迎える2000年を機に、ここに新たな宣言をいたします。いつの世にも変わらない価値観、つまり「豊かな心」「深い知恵」「大きな楽しみ」に満ちた作品を厳選し、次代を拓く書下ろし作品を大胆に起用し、読者の皆様の心に響く文庫を目指します。どうぞご意見、ご希望を編集部までお寄せくださるよう、お願いいたします。

2000年１月１日　　　　　　　　　祥伝社文庫編集部

猟犬《りようけん》刑《けん》事《じ》　密謀《みつぼう》　　長編ネオ・ピカレスク

平成14年10月20日　初版第１刷発行

著　者　南《みなみ》　英《ひで》　男《お》

発行者　渡辺起知夫

発行所　祥《しょう》　伝《でん》　社《しゃ》

東京都千代田区神田神保町 3-6-5
九段尚学ビル　〒101-8701
☎03（3265）2081（販売）
☎03（3265）2080（編集）

印刷所　堀内印刷

製本所　明泉堂

ISBN4-396-33071-5 C0193

祥伝社のホームページ・http://www.shodensha.co.jp/